Trufrock

ALEXIS TCHKOTOUA

Trufrock

ÉDITIONS DE L'OLIVIER

Des traductions de l'anglais sont indiquées en marge du texte. Les phrases entre guillemets sont des citations extraites de pièces de William Shakespeare (*Macbeth*, *Hamlet*, *Le Roi Lear*, *La Tempête*, *Troïlus et Cressida*, *Othello*, *Richard II*), et d'*Édouard II* de Christopher Marlowe. La traduction est de Jean-Michel Déprats : pour Shakespeare « Bibliothèque de la Pléiade », Gallimard ; pour *Édouard II*, coll. « Le manteau d'Arlequin », Gallimard, 1996.

ISBN 978.2.8236.1915.7

I

Toccatas & Fugues

1

Ce matin-là, John Sebastian Trufrock reçut, non pas une, mais trois fientes de pigeon.

– *Holy shit!*

Son col de chemise était irrémédiablement souillé. De mauvais augure.

Les nuages s'étaient ouverts et, d'un trou dans le ciel, il avait vu descendre un pigeon blanc, lequel – comme ayant ciblé Trufrock – s'était délesté du reliquat de son être : sa substantifique fiente.

Ce signe d'élection ne le consola guère.

Il eut beau marcher d'un pas rapide, il arriva très en retard à son rendez-vous.

Le Kit Kat Club avait pour habitude de réunir ses membres à La Cantate du café qui cultivait la particularité de proposer un excellent espresso accompagné exclusivement de musique classique.

Quand il poussa la porte, il eut, comme chaque fois, la sensation de franchir un seuil le séparant de la lourdeur du monde.

Il reconnut *Children's Corner*. Le *Doctor Gradus*. Cela lui remonta le moral.

– Ah, Trufrock ! Enfin ! Nous n'attendions que vous !

Trufrock pria le petit comité de bien vouloir excuser son fâcheux contretemps.

– Vous êtes tout excusé, Trufrock ! Vous seriez capable d'être en retard à votre enterrement !

Mais la saillie résonna comme un pétard mouillé. La plupart des membres du club n'avaient d'yeux que pour le col de Trufrock. Celui-ci portait encore la trace de la souillure susnommée.

Trufrock se sentit mal à l'aise. Il ne comprit pas tout de suite l'insistance de ces regards. Il alla aux toilettes se mettre un peu d'eau sur le visage. Lorsqu'il s'aperçut dans le miroir, il fit une grimace. Une petite auréole de merde demeurait sur son col.

– Je sais ce que je vais proposer…

Après quelques minutes de nettoyage et de jurons, il sortit enfin des toilettes.

Une fois la session ouverte – Trufrock et d'éminents membres du club s'étant concertés –, le premier orateur proposa de ressusciter le dodo.

Un autre, plus ambitieux – faisant d'une pierre deux coups –, suggéra de remplacer les pigeons par des dodos.

– Imaginez un instant, messieurs, Paris et ses dodos…

Un troisième souleva un léger problème technique :

– Mais le dodo ne vole pas !

– *Ay, there's the rub…* « Ah ! c'est là l'écueil. »

– Eh bien, nous le modifierons génétiquement afin qu'il puisse voler. Paris à vol de dodo ! s'envola-t-il lyriquement. Nous avons les fonds nécessaires et nos mécènes ne pourront qu'être charmés…

– Mais vous voulez exterminer tous les pigeons ?

– Oui, tous !

– Non, juste intra-muros…

– Non ! Tuons-les tous !

– Ne nous emballons pas, chers amis !

– Débarrassons-nous au moins des bisets !

– Les ramiers nous font moins chier… dit, en messe basse, un des auditeurs à son voisin.

– Mais ce serait illégal…

– Non, pas tout à fait. Il existe une loi qui permet de réduire considérablement le nombre de pigeons.

Un rêveur fit part de sa rêverie :

– Des dodos dans le caniveau…

– Quand je pense qu'ils sont cousins.

– Ce serait facile de proposer à nos élus une loi, ne serait-ce que pour la sauvegarde de notre patrimoine.

– Ils polluent la Seine !

– *Ici commence la merde.*

– Pas un banc de notre capitale qui ne doive être nettoyé chaque jour…

– À mort, l'aspirateur à merde !

– Ils véhiculent des maladies !

– Tandis qu'un dodo clean… On pourrait créer des endroits où ils puissent fienter… sans dégrader ni polluer. Le corollaire de cette loi, messieurs, ce serait de verbaliser et d'infliger une amende des plus dissuasives aux personnes qui jetteraient des détritus organiques sur la voie publique.

Un autre – se targuant de compétences épigénétiques – ajouta :

– Et si on créait des dodos robots capables de nettoyer les trottoirs et les caniveaux, et de mettre dans les poubelles tous les autres détritus ?

Ce ne fut qu'un lassant concert d'experts en dodologie.

Trufrock regrettait déjà sa proposition.

L'ironie était que pour ressusciter le dodo, il fallait passer par le pigeon – le pigeon pondrait sa propre extermination. Son fils et son bourreau.

Certains rêvaient déjà aux grands monuments : un dodo gargouille pour Notre-Dame, une statue géante de dodo dans le jardin des Tuileries... Sur la nef qui *fluctuat nec mergitur*, un dodo assis au sommet du mât.

– Imaginez l'écusson !

– Nous buvons à ta santé, Lewis Carroll, toi qui as sauvé le dodo d'entre les morts !

« une part de lui » Trufrock s'en voulait – du moins, *a piece of him*. Le Trufrock fervent défenseur de la nature se sentait coupable et s'en voulait d'avoir parlé trop vite – et ce, juste au pire moment. Maintenant, le club avait un motif tout à fait valable de ressusciter le dodo. Mais la fatigue – résultat de plusieurs nuits d'insomnie – tomba sur lui. Et il savait qu'il était trop tard. Le club avait euphoriquement mordu à l'hameçon trufrockien.

Le vote à bulletin secret vit la victoire écrasante du « oui » à l'éradication du pigeon biset et à la résurrection du dodo. Seules deux personnes avaient voté contre. Tout le monde se demanda qui pouvaient bien être les deux réfractaires.

2

Un homme pissait dans la Seine en sifflotant *Yellow Submarine*. Puis il se mit à chanter :

I want to pee
Under the sea

Sans doute ému par cette symétrie, Trufrock – lui-même ayant dû se débarrasser d'un surplus urinal –, après s'être receinturé et rebraguetté, décida d'aller le voir.

En sortant du square Barye, sur l'île Saint-Louis, il n'eut qu'à descendre les marches d'un petit escalier de pierre.

Trufrock lui adressa un salut auquel il répondit.

On entendait le son d'un clavecin.

Trufrock aurait pu gagner à tous les quiz de musique – son père l'ayant choyé et élevé au piano, lui qui se voyait patriarche bachien. Trufrock, donc, reconnut la sonate jouée sur le clavecin – *play me, I'm yours* – mis à disposition le long de la Seine.

« jouez-moi, je suis à vous »

– Pas dégueu, hein, ce petit Scarlatti ! La K 141.

Hier, un jeune homme a joué du Pancrace Royer. *Vertigo*. Pancrace Royer, ça a de la gueule ! Claveciniste du roi, monsieur !

Trufrock sourit et acquiesça.

– Au fond de mon cul où il se trouve, on ne peut demander à Pilate d'y voir bien clair. St Luke. À qui ai-je l'honneur ?

– Trufrock.

St Luke éclata de rire.

Trufrock ne se froissa pas face à cette dérision patente de son patronyme.

– Britannique ?

– Franco-britannique. Mon père était français. Je porte le nom de ma mère.

– Trufrock...

– John.

– John ! Un autre évangéliste ! J'ai connu un John... il y a bien longtemps...

Sa voix trembla légèrement.

– C'était comme un fils...

Il changea de sujet.

– Au XVIIIe siècle, pas loin d'ici, ils jouaient des concerts miauliques. Avec des clavecins à chats. Dissonances assurées ! Ah ! c'étaient des mélomanes bien particuliers...

Sur l'air du *Beau Danube bleu*, il entonna :

Mia mia mia mia mia
Mia mia
Mia mia

Mia mia mia mia mia
Mia mia
Mia mia

Trufrock à moitié amusé, à moitié horrifié, chercha dans la doublure de son manteau quelque menue monnaie. Il sortit son portefeuille en peau de naja et y préleva un billet de dix.

– Oh, monsieur est trop bon ! Je boirai ce soir une bouteille à votre gloire, sir John !

St Luke se laissa aller à une légère nostalgie.

– Sir John… mon John… En ce temps-là, c'était un autre monde. On vivait au bord de la Seine. Des hommes venus de tous les pays. Des yourtes, des cabanes en pin, des isbas… des tentes Quechua. Ah ! c'était le bon vieux temps. Ils buvaient, ils chantaient, ils jouaient de la musique en clamant les poèmes de leurs peuples – et des histoires remontant à la nuit des temps. Parfois, faut bien l'avouer, ils dégueulaient leurs épopées… C'étaient des rhapsodes. Aèdes ivres. Et sur cette rive, on sacrifiait, et on buvait à la santé du cosmos.

Il s'arrêta.

– Mais tout ça, c'est fini. Ils ont tous été arrêtés, déportés, leurs chants et leurs histoires ne sont plus que paroles gelées – miettes de mots jetées aux mouettes. Je suis resté, moi. Poète hère. De noble extrace, même !

Mon blason pas bégueule
Est comme moi faquin
Nous bandons à la gueule
Fond troué d'Arlequin

– Ouais, St Luke. Ce blaze, on me l'a donné. Pour l'évangéliste et pour Lucky Luke. *Well, not so lucky*... J'me tire plus vite que mon ombre...

Et St Luke se mit à chanter :

When I was a cowboy
Out on the western plains
When I was a cowboy
Out on the western plains
I made a half a million...

3

Un soir d'hiver, sur l'île Saint-Louis, en sortant de La Cantate du café – dont une session de son club venait d'épuiser les membres les plus vaillants –, Trufrock entendit un homme le héler :

– *Professor! Professor!*

Trufrock se retourna – son corps sembla désobéir à sa volonté.

Ça y est ! Ils venaient lui faire la peau. Un jeune homme s'approcha de lui. Trufrock se sentit accélérer le pas.

Il entendit de nouveau un « *professor !* », cette fois presque crié. Longtemps qu'il n'avait marché aussi vite.

Le MAP – Marlowian Avengers Party – était à ses trousses.

Mort au traître !

– *Death to the traitor!*

Bas les masques. La sentence était tombée. Trufrock – éminent *Shakespeare scholar* – avait signé une édition critique d'*Edward II* de Christopher Marlowe qui l'avait fait juger à tort comme un fervent marlowien.

spécialiste de Shakespeare

Mais son obédience véritable avait été révélée par son travail critique ultérieur.

Il avait reçu de nombreuses menaces :

For this offence, be thou accursed of God!

« Pour ce crime, que Dieu te damne ! »

Trufrock se mit à courir du mieux qu'il pût.

Rue Saint-Louis-en-l'Île – sentant qu'il ne tiendrait pas la cadence –, il entra dans la première boutique venue – en l'occurrence un salon de coiffure : Barbe-rock'n'roll.

À l'intérieur, Trufrock fut accueilli par Chuck Berry :

Out of all the reindeers
You know you're the mastermind!

– Bonjour, monsieur ! Coiffure ou rasage ? Ou les deux ?

Trufrock ne sut que répondre.

Run, run, Rudolph!
Randolph ain't too far behind!

– Ida va s'occuper de vous.

Une belle femme aux longs cheveux roux le mena à un siège auto en cuir chocolat. Chevrolet Corvette 57.

Elle le fit asseoir.

Un employé passa un coup d'aspirateur en forme de Stratocaster sur des carreaux de marbre blancs et noirs.

Sur chaque fauteuil était cousu le nom d'un rocker. À chaque fauteuil correspondait un habitacle de voiture différent. Sur chaque tableau de bord étaient posés un blaireau, des rasoirs et des ciseaux. La Chuck Berry.

La Elvis Presley. La Little Richard. La Buddy Holly. La John Leighton.

Trufrock aperçut un diplôme énorme et la photo de Maybellene. Selon le gratin de la critique capillaire : « Le meilleur massage crânien du Grand Paris. »

Maybellene, un trip qui vous prend jusqu'à la racine.
Maybellene, Best Massage & Shampoo.
When shampoo meets massage meets relaxation.
Maybellene, the other way to rock and roll into dreams.

Maybellene, le meilleur massage et shampoing/ Quand le shampoing rencontre le massage et la relaxation./ Maybellene, l'autre façon rock and roll de rêver.

Mais au lieu de la fille aux doigts de fée à laquelle il s'attendait, Trufrock se retrouva sous une grande machine. C'était la réplique miniaturisée des engins utilisés pour laver les voitures. Le système était le même. Le crâne remplaçait la voiture. De grands rouleaux tournaient.

Dans le fauteuil Chevrolet. Shampouineuses.

Fermez les yeux.

Trufrock ferma les yeux. Il sentit ses tempes se détendre sous la pression des masseuses shampouineuses. *This is the best part of the trip!*

C'est le meilleur moment du voyage !

Trufrock avait envie que ça ne s'arrête jamais.

Une éternité qu'il ne s'était senti aussi apaisé – tout se dénouait, son cuir chevelu se détendait.

Get your kicks
On Route 66!

The Barberock. Haircult. Relic'n'roll.

Les murs, entre les Gibson et les Stratocaster, arboraient de précieuses reliques. Des cheveux d'Elvis mis en valeur dans une banane du King reconstituée. De véritables poils de moustache de Chuck Berry. Un éclat de verre des lunettes de Buddy Holly. Un vinyle encadré : *The "Chirping" Crickets*. Une cover du *New Yorker*. Un tableau représentant Bill Haley prenant un thé avec un alligator.

Slow down the Jaguar!
Keep cool the Thunderbird Ford!

Un petit jet surgit au sommet de son crâne, et bientôt sur le cuir chevelu se répandit une eau chaude régénératrice. Il referma les yeux et se laissa masser de nouveau.

Il oublia la poursuite.

Se laisser dériver entre deux mondes, celui des inquiets éveillés et celui des *daydreamers* alanguis.

4

Trufrock sortit de chez lui – 45, quai de Bourbon, île Saint-Louis – en plein milieu de la nuit.

Il fit quelques pas, s'arrêta, puis ouvrit la porte de sa BWV 565.

Une fois dans l'habitacle de sa voiture autonome, il lança :

– Salut, BW. *Let it roll!*

– *Baby roll...* Mes hommages, lord Trufrock ! My lord ne dort pas...

Trufrock-à-la-bouche-pâteuse ne put répondre que par une espèce d'onomatopée.

– Hum...

BW entama donc le voyage annoncé.

– Il y a du nouveau, John, dans l'affaire Graham. Un professeur japonais affirme avoir découvert un Shakespeare authentique.

Un nouveau « hum » glissa des lèvres trufrockiennes.

– Hibiki Nakatura...

Trufrock, épuisé, ferma les yeux.

La fonction RS (*reclining seat*) fut actionnée. Trufrock était quasi allongé.

À l'arrêt, il entendait de petits bruits : le cliquetis des gouttes contre les vitres…

– Marlow United a battu Stratford City, 3 buts à 1. Les Swans avaient pourtant ouvert la marque, mais les Firebirds l'ont emporté grâce à un triplé de Iago Silva contre son camp. John, tu veux que je vaporise ?

– Non, non… Oh puis si…

La vapeur se diffusa dans l'habitacle. Odeurs de lavande et d'escholtzia.

Trufrock, les yeux toujours fermés, tentait de se reposer – depuis 3 heures, il n'avait pu se rendormir.

– Sinon, chapitre nécrologies : Ralph Tedious est mort. Il a été retrouvé dans sa chambre d'hôtel. Overdose d'amitriptyline.

Trufrock se remémora Ralph Tedious. Le beau Ralph. Shakespearien. Un apôtre de l'O.P. (*Original Pronunciation.*) *Hamlet* ressemblait à une pièce jouée par des pirates des Cornouailles… Et dans *Troïlus and Cressida* :

For who some ever you take him to be, he is Ajax!

« Car lui qu'on prendrait pour n'importe qui, c'est Achiax ! »

Les *dead puns*. Jeux de mots perdus. Blagues rouillées. *You're a jacks! You're a fucking toilet, man!*

T'es une chiotte !

Whore et *hour*. Même prononciation. *Hour is a whore.*

Putain
heure
L'heure est une putain.

La BWV continuait à rouler. Trufrock à fermer les yeux. L'agréable odeur parfumait l'habitacle.

– Sinon : John Francis a été interné.

Après le professeur Naso – spécialiste du « Chant des Sirènes » –, c'était le deuxième distingué *scholar* pour qui Trufrock avait écrit une préface. John Francis, spécialiste, lui, de « la divination dans l'Antiquité ». Ouvrage majeur sur la Pythie de Delphes. Avec une préface signée JST : « Dommage qu'elle soit une Pythie ». Ses hypothèses annoncées par ses prédécesseurs – Plutarque notamment. Un tube lui entrait dans le vagin, lui passait par le corps et faisait passer le souffle d'Apollon – lequel ressortait par la bouche.

Trufrock, toujours somnolent, sentit le freinage brusque de la BWV – une fois n'est pas coutume. Une voiture vintage avait pilé juste devant eux. En ayant fortement dépassé la limitation de vitesse.

– Pas normal, quelque chose doit clocher… Un *hacker-driver*. Il a pu débloquer la limitation automatique.

Trufrock rouvrit les yeux et distingua les phares arrière allumés de la voiture qui leur avait fait une queue de poisson – phares arrière allumés : deux croissants de lune brillant dans la nuit.

À présent, la BWV roulait le long de la Seine. Seules quelques voitures dérivaient dans la nuit. La plupart servaient aux insomniaques. Elles choisissaient des rues tranquilles. Celles où il y avait le moins de feux.

Odyssée des voitures autonomes.

Ballet des voitures sans pilotes.

Trufrock ne dormait pas. Trop de choses dans la tête.

Pour lui faire oublier ses papillons noirs – et autres spectres –, BW lui raconta une histoire.

– Il existe une légende à propos d'un roi qui s'était follement entiché de littérature. Tous les écrivains avaient été arrêtés et emprisonnés. Et chacun devait écrire une histoire pour échapper à la mort. On ne connaissait pas ses préférences car il était impossible aux détenus d'échanger le moindre mot entre eux. Chaque jour, un groupe de gardiens venait récolter leurs textes qu'ils échangeaient contre un repas. Ils revenaient plus tard chercher les auteurs dont les textes n'avaient pas plu au roi. Il est arrivé que des hommes continuent à écrire tout en étant tirés par les pieds par les gardiens. « J'ai presque fini ! Laissez-moi finir ! » hurlait le condamné… Et on ne le revoyait plus.

La BWV prit une avenue déserte bordée d'un grand parterre. La coupole des Invalides scintillait sous les étoiles.

– Tiens, John, tu sais qu'il y a eu des morts au dernier *Napoleonic Reenactment*… Ils ont rejoué Waterloo. Un pistolet vraiment chargé, un cheval affolé qui rue, se cabre. Une chute de cheval et un dragon qui meurt. Même la mort accompagne sa légende.

BW mit du son. Bruits de guerre.

Trufrock-aux-yeux-fermés.

– *My kingdom for a coffee!*

Mon royaume pour un café !

BWB – BW Barista – mit à profit sa fonction *Coffee Maker* +. Un léger son de liquide s'écoulant se fit entendre.

– *E un lungo per il signor Trufrock.*

– *Thanks!*

Trufrock prit la tasse chaude entre ses mains. Il sentit une chaleur agréable lui parcourir le corps.

Sans café, la vie serait une erreur.

BW mit de la musique. *Cantate du café*. Algorithmiquement vôtre.

Trufrock scrutait la mousse. Café cosmique. L'univers dans une tasse de café.

– Écoute, John. Ça vient de tomber. Une partie des Maldives est sous l'eau. De nombreux disparus. Mais trois personnes affirment avoir été secourues par des raies mantas. Magnifique, non ?

Du Pline l'Ancien, songea Trufrock. Les hommes secourus par des animaux. Et réciproquement. Entraide des espèces face à la mort.

La BWV, dans une rue où se trouvaient nombre de sex-shops, ralentit et, devant l'un d'eux – dont la vitrine était ornée de lettres d'or –, Trufrock put lire :

Un coup de dent
Jamais n'abolira
Le falzar

Une Kurtag SZ croisa la BWV et une zébrure de lumière stria la nuit.

Le spectacle de son et lumière sembla se répandre parmi les autres voitures autonomes. Des lumières bleues, vertes et rouges furent émises par une Alfa Caldonia. Des petits quartiers de lune s'allumèrent sur son capot.

Une autre voiture avait un toit écran qui renvoyait la nuit étoilée et les constellations. Une autre semblait enveloppée d'une aurore boréale. Une autre projetait autour d'elle des images de Pokémons. Et Pikachu slalomait entre les constellations.

D'elles-mêmes, les voitures se dépassaient et faisaient montre de virtuosité – affichant leur goût pour la pyrotechnie. Elles se croisaient et se recroisaient. Clash de lumières.

Danse des *hologram-cars*.

L'une projetait une panthère noire – condamnée à courir toutes les nuits. Une autre, des chevaux : mustangs, pur-sang arabes. Les juments de la nuit – *night mares*. Cela donnait parfois un air de rodéo – quand les chevaux étaient sur le point de « fracasser leurs crinières ».

Jim Morrison semblait danser dans la nuit.

Jimi Hendrix, l'Orphée noir, charmait les Sirènes de la Seine. Son chant dominait les leurs.

Cause I'm a Voodoo Chile!
Voodoo Chile...

Hendrix rencontrait Rostropovitch – la cacophonie n'était pas loin.

Jim Morrison, les cheveux au vent, vêtu en roi lézard, roulait dans la nuit. Projeté sur le toit d'une Mustang.

I'm the Lizard King
I can do anything!

Hendrix charmait les autres hologrammes.

Le docteur Mabuse, les cheveux lui aussi au vent, l'air halluciné, croisait Kinkladze dribblant éternellement les joueurs de Southampton et marquant d'un petit lob piqué :

Oh! That's mesmeric!

Cassius « *Cass' the Gas* », *I'm gonna dance! I'm gonna dance!*, dansait et assénait ses uppercuts.

Un soir, Trufrock avait cru voir deux hologrammes interagir : un chimpanzé avait paru terrifié quand un hologramme d'anaconda était parvenu à sa hauteur.

BW signala à Trufrock qu'il y avait une voiture qui se projetait elle-même en hologramme – « *Narcisscar* », lâcha BW.

Et des *aristocars*, comme les Jaguars, projetaient leur totem.

Jimi Hendrix finissait par manger sa guitare. Se dévorer lui-même. Eucharistie électrique.

5

Trufrock marchait le long de la Seine. Ce jour-là, elle ressemblait à une peau de crocodile. Il marchait toujours près de l'eau. Un jour, perdu dans ses rêveries, il avait trébuché et fini dans l'eau jusqu'aux genoux. L'odeur fétide ne se résolvant pas à quitter ses chaussures, il était parvenu à l'inéluctable conclusion que leur parcours terrestre devait s'achever.

Approchant de la pointe orientale de l'île Saint-Louis, il aperçut St Luke assis sur un banc de pierre.

– Haha ! Trufrock ! Vous revoilà ! Venu consulter l'oracle ! La bonne vieille *dive bouteille*. Votre pinard était divin !

Trufrock esquissa un léger sourire.

– L'ami Élie n'est pas encore descendu. Perché dans son cèdre du Liban.

Au même moment, un bateau passa. Le *Bessie Smith*.

St Luke mena Trufrock au pied du cèdre. Des larmes de cire s'écoulaient des branches et du tronc.

– *Eli, Eli, lama sabachthani!*

Silence.

– Bizarre, il répond pas.

St Luke posa la main droite contre le tronc du cèdre. Il ferma les yeux. Ensuite il appuya les deux mains sur le tronc. Il caressa l'écorce. Et, pendant quelques secondes, il resta ainsi. Puis il rouvrit les yeux.

– J'ai senti la sève. J'implore le pardon du cèdre. Pour la douleur que je peux lui causer. Et je lui demande de m'accorder le droit de monter vers la canopée.

Trufrock s'inquiéta de cette disposition – eu égard à l'âge de St Luke.

St Luke, grand herméneute devant l'Éternel, perçut cette inquiétude.

– Ne vous inquiétez pas. L'ascension, ça me connaît. J'ai plusieurs sommets à mon actif. Je me suis fait le mont Kazbek.

St Luke, dont on n'eût pu soupçonner l'agilité simiesque, commença à grimper, chaque pied se posant délicatement sur l'écorce.

À mi-parcours, il s'assit un instant sur une grosse branche.

Après quoi, il se remit à grimper. Il passa d'une branche à l'autre et parvint à une cabane circulaire.

– Élie, Élie, flemmard, sors de ton lit !

Une voix faible lui parvint.

– J'arrive Élie !

La voix de St Luke trahit quelque peu son inquiétude.

Il entra et vit Élie – cloué au lit –, l'air fiévreux, suant à grosses gouttes.

– Qu'y a-t-il, mon vieux ?

But answer made it none.

« Mais il ne fit aucune réponse. »

– T'as bouffé un livre empoisonné ?

St Luke posa sa main sur le front du malade.

– Putain, mais t'es brûlant !

Il jeta un œil autour de lui. Des rayons de bibliothèque vides. Plus un seul livre. Çà et là, des reliures arrachées.

Il prit une petite bouteille d'eau dont il versa la moitié dans une tasse.

– Tiens, bois ça.

Élie tenta de se redresser.

– Bois ça, mon vieux.

St Luke aida Élie à se redresser et porta la tasse à ses lèvres. Élie avala lentement l'eau. Puis il ferma les yeux.

– Est-ce que t'as des médicaments quelque part ?

Silence.

St Luke fit le tour de la pièce, mais ne trouva aucune trace de médicaments. Il n'y avait plus rien.

Nothing will come of nothing

« Rien ne peut sortir de rien »

– Je vais aller en chercher à la pharmacie. Non, attends, j'ai une idée…

St Luke sortit la tête de la cabane et appela Trufrock.

– Trufrock ! Trufrock ! Allez chercher du Tripofane. À la pharmacie de la rue des Deux-Ponts. Dites que vous êtes envoyé par St Luke.

Trufrock acquiesça du bonnet et se mit aussitôt en quête du remède prescrit.

St Luke rentra dans la cabane.

– Ne t'inquiète pas, mon vieux ! Le professeur va nous trouver la panacée. Ça va aller, vieux.

Mais Élie, le regard vide, presque éteint, ne semblait pas partager l'enthousiasme lukien.

6

Trufrock voguait dans sa BWV 565. La conduite était souple. Confort d'un cocon de cuir.

Siège incliné. Trufrock en mode divan.

BW, de sa propre initiative, diffusa les *Variations Goldberg* jouées par Evgeni Koroliov.

– Tu n'es pas sans savoir, BW, qu'elles ont été écrites pour qu'un certain Goldberg les joue pendant les insomnies du comte von Keyserling. Ça, c'est tes algorithmes bachiens. Tu es tissé de 0 et de 1. Insomnie et musique. Et tu accouches des Goldberg…

Trufrock se laissa bercer, comatant quelque peu.

Mais le devin BW n'avait pu prévoir le petit chaos créé par la rencontre peu douce et peu amicale de deux voitures – l'une étant sortie de la place qu'elle occupait sans faire attention à celle qui passait à côté. Il y eut contact et froissement de tôles. Clignotants et phares en miettes.

BW, chose rare, proposa à Trufrock de dénouer le nœud gordien.

– *Take me right back to the track, Jack!*

– Recule, BW, pendant qu'il n'y a personne.

– Je n'en ai pas le droit.

– Alors, donne-moi les commandes manuelles.

– Tu vas vouloir reculer : tu n'en as pas le droit.

Arrête, BW, m'emmerde pas avec ta putain d'éthique de conduite !

– *Come on*, BW, *don't bother me with your fucking driving ethics!* Ou alors, je sors.

– Tu ne peux pas, John ! Sur la voie publique.

– C'est un ordre ! *It's a fucking order!*

La question est : qui va être le maître ?

– *The question is : who's going to be the master?*

– *What?*

Dommage qu'elle soit une putain !

– *'Tis Pity She's a Whore!*

Pour échapper à une aporie colérique, à un cul-de-sac de nerfs, BW sortait toujours quelques citations – espérant atteindre l'âme trufrockienne.

BW savait que ce genre de citations pouvait déminer une situation tendue.

Psychologie artificielle. Composants électroniques. *Mineral minds*. Lui aussi est issu de poussières d'étoiles. C'est peut-être ça qui nous fait sembler si seuls et en même temps nous relie au vivant. Et si les poussières d'étoiles redevenaient des étoiles. *Stardust to stardust*. Mémoire des poussières d'étoiles.

« Ignores-tu qui je suis ? Un autre Gaveston ! »

– *Don't you know who I am? Another Gaveston!*

– Je te rappelle, BW, que le roi qui a dit ça finit avec un tison enfoncé dans l'anus…

– L'anus étoilé…

– Son cri hante encore le château de Berkeley.

BW ne se fit pas prier et diffusa le cri de John Hurt incarnant Edward II.

7

Au Groucho Park, tous les bancs, sauf un, étaient occupés. Il ne restait qu'un petit espace non souillé par les fientes. Mais Trufrock était si fatigué qu'il lui fallait s'asseoir.

Il fixait le temple de la Pythie – lieu aussi appelé le mont pythien, ou le *monty python* pour les initiés.

Perdu dans ses pensées labyrinthiques – et comme hors de lui-même –, il vit un homme le saluer et s'asseoir à ses côtés.

Il tenait un parapluie – qui détonnait en un jour ensoleillé mais dont l'utilité ne tarda pas à se révéler.

Une fiente s'écrasa en plein sur son chapeau – un panama qu'il ôta. Il ouvrit son parapluie et comme s'il avait déclenché un bombardement, il dut essuyer une pluie de fientes de la gent pigeonnesque.

Son parapluie était heureusement assez grand pour les protéger tous les deux.

– Cool, cool, cool.

Ça roucoule ! Le bombardement s'intensifia, et il

n'est d'abri que de parapluie. Le monde se noie sous une pluie fétide. Comme un ciel ayant la colique. Ouranos chie et roucoule. Veulent nous baptiser dans leurs fientes. Merde à Dieu !

– Et délivrez-nous des livres…

Trufrock avait mal entendu.

Une mouche par l'odeur alléchée vint se poser sur la joue de l'homme. Celui-ci se flanqua une claque. Dans sa main, la mouche était écrasée et entourée d'un peu de sang. Il sortit un microscope portatif qu'il plaça sur son œil droit et observa la victime du crash. Le verdict ne mit que peu de temps à tomber : véritable *Musca domestica*.

– Jamais trop de précautions. Ils sont partout. Ils sont… (l'homme baissa la voix) les panthéistes et leur œil panopticon.

Un jeune homme – passant près d'eux sur un vélo surmonté de deux ailes panneaux solaires – prit de la vitesse dans la descente, décolla et s'éleva au-dessus du lac, puis, s'élevant encore, tournoya autour du temple pythique, mais, amorçant son deuxième tour et ayant transgressé une zone réservée à Apollon, il endura l'ire d'Hélios : ses ailes panneaux solaires se détachèrent et le vélo tomba en piqué dans le lac.

La voie était libre.

– Nous voulions capter votre attention et distraire les promeneurs de sorte que je puisse vous révéler nos projets et le Grand Dessein. C'était un des nôtres, un kamikaze de la Cause. Il a lui-même choisi le scénario de sa fin. En bon icariote, il a rendu hommage à son héros – selon lui incompris –, suicidé volontaire ayant voulu s'embraser et fusionner avec Hélios mais s'étant – hélas ! – dissous dans la mer. Professeur Trufrock, nous vous avons choisi – vous êtes notre lampadophore et vous répandrez la lumière. Lucifer Rex. Le plus bel ange, Trufrock !

Il calma un peu son lyrisme et continua *pianissimo* :

– Sauf qu'ici notre lumière est une bactérie qui mange les livres. Elle est merveilleuse dans sa sensualité, tout livre est pour elle volupté… Imaginez, Trufrock : en trois heures, chaque livre de la Bibliothèque mangé et digéré. Vous êtes notre cheval de Troie, notre Judas Iscariote. Nous avons besoin de vous – les grands électeurs de la Gnose vous ont choisi. En tant qu'éminent membre de la Bibliothèque nationale, vous pouvez pénétrer dans le saint des saints et la frapper en plein cœur. Imaginez cette propagation inarrêtable : la progression de la vie au service de la mort. Comme disait Bossuet :

> *Le triomphe de la vie dans la victoire de la mort.*

Et n'a-t-il pas d'ailleurs tout dit pour nous dans son *Sermon sur la mort ?*

> *Que vous servira d'avoir tant écrit dans ce livre,*
> *d'en avoir rempli toutes les pages de beaux caractères*
> *puisque enfin une seule rature doit tout effacer ?*

Maintenant : comment allez-vous procéder ? Voici. Vous recevrez une montre par un de nos coursiers : on ne peut pas risquer de vous la donner de la main à la main. Dans cette montre, la petite aiguille peut s'enlever. Salle Y, vous la retirez et la faites entrer en contact avec une page de livre. Puis vous la replacez dans la montre. Vous fermez le livre et le rendez au bibliothécaire qui va lui-même le remettre en place et enclencher ainsi le processus de ruine des livres. Ensuite, vous quittez la salle Y et vous remontez, vous prenez n'importe quel livre, si possible épais. Vous l'ouvrez discrètement et vous essayez de lui instiller la bactérie – ceci juste avant la fermeture de la Bibliothèque. Place 676, la caméra peut vous rater – c'est un angle mort pour elle –, vous vous assurez que personne ne vous voie et voilà la bactérie *Bibliophagus gargantuus* qui se délecte, mange le papier et ses tigrures d'encre, et à la fin, en un gros rot divin, elle éructe la fin du savoir.

Il resta silencieux un instant. Il vérifia que personne ne l'écoutait.

– Une dernière chose, si les tothistes – les adorateurs de Laszlo Toth – vous approchent, ne leur prêtez pas l'oreille : ce sont des hérétiques qui ont trahi la Gnose authentique – nous avons eu des desseins semblables au début, mais aujourd'hui nous nous sommes fatalement dissociés –, leur adoration des fragments, des statues brisées, n'est qu'un déplacement de l'adoration des reliques. Idole entière ou fragmentaire, idole toujours.

Le gnostique se leva tout à coup du banc, comme propulsé par un ressort. Il referma son parapluie. Il dégoulinait de fientes. Les pigeons l'avaient conchié une heure durant, se relayant dans leur colique.

8

Trufrock invita St Luke au Blues Blood Café, au carrefour du quai d'Orléans, du quai de Béthune et de la rue des Deux-Ponts.

Ils s'installèrent au comptoir, derrière la pompe à bière.

– Alors comme ça, vous êtes un *Shakespeare scholar*…

St Luke prit une voix grave et déclama :

Is it a lager which I see before me?

Est-ce une lager que je vois devant moi ?

Il marqua une très courte pause.

Come, let me clutch thee!

« Viens, que je t'empoigne ! »

Trufrock rit – mais d'un petit rire hystérique qui l'inquiéta quelque peu.

Et, comme obéissant à l'injonction macbethienne, le barman servit à St Luke une pinte de bière généreusement couronnée de mousse.

– Merci ! J'ai vu le plus grand Macbeth ! Paul Scofield. Cette voix…

Il but plusieurs gorgées de sa lager.

– Avec Dame Peggy Ashcroft en Lady Macbeth… Et Derek Jacobi dans *Richard II*. Et John Gielgud dans *King Lear*.

St Luke le rêveur rebut de sa pinte.

– Y a une époque où on jouait du Shakespeare – en anglais, s'il vous plaît ! –, square Alfred Deller, à côté de Marlowe & Co. Ils y ont joué aussi *The Tempest* avec des guitares électriques et des synthés. Nous, on avait monté un groupe de rock avec Pwyll, Tariel et Giorgi. « Je chantais, ne vous déplaise. » On s'appelait The Lady Macbeth Project. « Rock's insane at Dunsinane, Dunsinane… » *Dunce inane*… On commençait toujours par les *Weird Sisters*. On s'en cassait la voix…

Cancre stupide

Un air de guitare sortit des haut-parleurs.

St Luke se mit à chanter :

Twinkle, twinkle, little star
Up comes Brady in an electric car

La voix de Lead Belly lui répondit :

Duncan, Duncan was tending the bar
In walked Brady with a shining star
And Brady says, « Duncan you are under arrest »
And Duncan shot a hole in Brady's breast

St Luke semblait absorbé par la mousse de sa bière.

– Lead Belly… Lead Belly, c'est St John the Baptist ! Il annonce la venue du Christ Hendrix. Le Christ à la guitare électrique.

Il but sa bière cul sec.

– Une autre, s'il vous plaît.

Il vérifia que personne ne les écoutait.

– Le spectre de Lead Belly hante les rives de la Seine…

Il se tut un instant.

– Il apparaît la nuit… certaines nuits… le 18 septembre… La prochaine fois, ce sera vendredi. Venez avec moi, je vous guiderai. *It will amaze you!* À la proue du vaisseau *Saint-Louis*, il marche, se pose, joue de sa guitare à douze cordes et chante. C'est à pleurer de beauté, Trufrock !

Ça va vous stupéfier !

Irene good night
Irene good night
Good night Irene
Good night Irene
I'll get you in my dream

Le barman posa une nouvelle bière devant St Luke.

– Merci !

St Luke but plusieurs gorgées de sa pinte – qu'il ponctua d'éructations contrapunctiques.

– Vous avez entendu parler de la légende des Seven Kings of Blues ?

Sans attendre de réponse, St Luke continua :

– À certaines dates du calendrier lunaire apparaissent les spectres des Seven Kings of Blues. Robert Johnson, « King of the Delta Blues », Elmore James, « King of the Slide Guitar », Muddy Waters, « King of the Mojo Triangle », Lightnin' Hopkins, Blind Lemon Jefferson, John Lee Hooker et Howlin' Wolf, « King of the Pack »…

St Luke termina sa bière.

– C'est dommage qu'ils ne soient pas neuf comme les Muses. Pourquoi B. B. King n'y est pas ? *King Without a Crown.* Et Slim Harpo, « The King Bee » ? Pourquoi pas douze ? Avec Tommy Johnson. Et Josh White. Et Blind Willie McTell. Et pourquoi pas treize avec Son House ? Bon, lui, il buvait trop… Comme moi…

Et St Luke-le-barde-ivre se mit à chanter :

Tell me who's that writin' ? John the Revelator
Tell me who's that writin' ? John the Revelator

9

Trufrock l'insomniaque avait trouvé refuge dans l'habitacle de sa voiture. Il tentait de se reposer – *in spite of all* – sur le siège en cuir couleur café de sa BWV. La conversation de BW était censée le détendre…

en dépit de tout

– *Thou art a scholar,* Sebastian.

– *Don't call me* Sebastian*!*

– *One of these nights, right?*

– *Yeah…*

« Toi qui es savant
Ne m'appelle pas Sebastian !
Une de ces nuits, hein ?

– Combien d'heures cette nuit ?

– Exactement de 0 h 30 à 3 h 36…

– *Sorry to hear that, John…*

Désolé d'entendre ça, John…

– *Rave on…*

– *It's a crazy feelin'…*

La BWV démarra.

Devant eux, les voitures filaient.

– Tu sais qu'en Ozarkistan, il y a des hologrammes de voitures qui roulent pour donner l'impression que la ville est habitée ? Et qu'il y a des hologrammes d'humains dans les restaurants.

« L'ombre d'une ombre »

A shadow's shadow

Tout n'est qu'ombre !
« couronne creuse »

Everything's but a shadow! Hologramme du roi portant une *hollow crown. Hologram of a hollow crown.*

BW mit la radio : traduction instantanée.

– Encore un incident en Ozarkistan : un restaurateur ne voulait pas débrancher les hologrammes assis à la meilleure table – la considérant stratégique – pour deux hommes qui ne voulaient que celle-là…

BW éteignit la radio et reprit la conversation :

– Le stade national est toujours plein, les concerts aussi. L'horreur du vide. Il y a parfois des moments cocasses où les quelques spectateurs humains veulent faire la ola… Qui depuis a été interdite. Maintenant, un homme s'occupe des émotions et des comportements des hologrammes. Il y a eu des incidents d'ordre épigénétique… Certains hommes ont développé une forme d'agoraphobie. Alors qu'en fait, ils marchent dans des avenues désertes…

– Peur du plein qui peuple le vide…

– À présent, les hologrammes font la ola avec des spectateurs humains. Invectivent les joueurs de l'équipe adverse. Sautent de joie lors des buts. Crient de dépit lorsque les occasions de but sont gâchées. Entonnent des chants à la gloire de leur équipe. Il y a eu un jour un incident, un hacker a piraté le programme et les spectateurs-hologrammes se sont mis à entonner des chants antigouvernementaux :

Tarasnikov, roi des bouffons !
Tarasnikov, tu règnes sur un peuple d'ombres…

N'as-tu pas froid de vivre dans un palais vide ?
Le roi a froid qui règne sur un peuple d'ombres...

Tout est filmé. Le crime n'existe pas, ou presque pas. De nombreux militaires habitent les avenues de la capitale. Si un habitant réel aperçoit un militaire, il lui faut impérativement changer de trottoir. Il n'a pas le droit, ne serait-ce que de le frôler, de l'examiner pour voir s'il est réel ou si c'est un hologramme... Le fils du président a carrément créé une mer intérieure composée de milliards d'hologrammes – sa villa en plein désert bénéficie ainsi d'une vue imprenable sur la mer. Le décor sonore est, paraît-il, incroyable : goélands, sternes, mouettes. Un son velouté... Les vagues viennent lécher le portail de sa villa. Il passe des heures assis sur sa terrasse à contempler la mer. Les vagues et l'horizon. L'éternité. La fausse éternité des flots.

Brusquement, BW s'interrompit :

– Merde ! Encore une queue de poisson !

10

Une nuit, Trufrock et St Luke se rendirent au square Barye.

– Chut !

L'index sur les lèvres, St Luke fit signe à Trufrock de le suivre.

Ils passèrent à droite de la statue du combat du Centaure et du Lapithe, puis sous le savonnier de Chine.

La lune ressemblait à une radio du crâne.

Ils marchèrent à côté du cèdre du Liban – il n'y avait plus traces d'Élie.

Arrivés à la pointe du square, ils se tenaient au-dessus de la proue du *Saint-Louis*.

En plongée, ils voyaient le mât-œil-caméra.

La Seine était noire et scintillait sous les étoiles.

Ici commence la mer.

À minuit sonnant, ils virent approcher le batobus de nuit.

Ses lumières jetaient d'immenses ombres chinoises

entre les statues du jardin Tino Rossi et les bateaux à quai du port Henri-IV.

À la pointe de l'île Saint-Louis, apparut le spectre de Lead Belly avec sa guitare 12 cordes et son costume nœud pap.

St Luke murmura :

– Smart, le spectre !

Puis Lead Belly se mit à jouer de la guitare et à chanter :

Let the Midnight Special
shine her light on me
Let the Midgnight Special
shine her ever-lovin' light on me

Mais au même moment, un bateau sur lequel se déroulait une fête, diffusant du Johnny Hallyday à plein tube : *Allumez le feu ! Allumez le feu !*, fit décamper le spectre illico.

– Trufrock ! Regardez ! Il s'est barré !

11

Il faisait nuit.

Les yeux fermés, bercé par une conduite comme sur du velours, Trufrock somnolait en écoutant la voix de BW lui lisant un article de *Sciences & Devenir* :

– « La texture révolutionnaire de la tablette *OrganikBook* permet au lecteur une expérience unique de lecture. Au contact des doigts, l'écran *soft screen* devient souple – les doigts ramollissent l'écran – et le lecteur peut tourner les pages comme s'il avait un vrai livre. L'expérience sensorielle est en outre décuplée par l'option *emotion premium* – procédé révolutionnaire – qui permet de stimuler différents sens. Dans une scène de restaurant, les odeurs des plats décrits seront recréées et le lecteur les sentira comme s'il était dans ce restaurant.

« Mais sa lecture n'est pas sans danger. Un homme assis sur un banc, dans un parc, qui lisait une tablette *OrganikBook*, a provoqué la mort d'un individu allergique aux fruits à coque. En effet, une scène du livre décrivait une orgie de beurre de cacahuète. En raison de ce décès, des bancs sont désormais réservés aux lecteurs *old school. OrganikBook free zone.* Une scène de traversée de l'océan en bateau a fait tanguer un lecteur qui, blanc comme un linge, s'est mis à vomir tant et plus. Des marcheurs se sont plaints des dommages collatéraux. Plus grave est le cas d'un homme mort d'une crise cardiaque suite à la lecture d'une scène effrayante. L'accélération de son cœur, suscitée par des impulsions électriques – le tout accompagné par une petite musique angoissante –, a provoqué une crise cardiaque fatale. Une plainte a été déposée à propos d'une scène décrivant une araigné – une mygale – que l'écran permettait de toucher. La texture de la page écran offrait la possibilité de toucher ses poils, d'éprouver sa texture au bout des doigts.

« Le créateur de cette tablette, Matt Richards, croule sous les procès – mais le succès de sa tablette organique est tel que les procès, loin d'éloigner de potentiels utilisateurs, créent plutôt un halo de scandale autour de lui et prouvent surtout à quel degré de virtuosité virtuelle il est parvenu. Le fabricant signale également que la fonction *emotion premium* est déconseillée aux individus atteints de phobies sévères ou d'allergies. Cette fonction *emotion premium* peut être heureusement désactivée. Ont été insérées des formules telles que : “Attention ! ce livre contient des descriptions d'araignées ou des scènes de consommation de beurre de cacahuète…” Le must pour les partisans de *l'extreme reading* est la *fake* piqûre de frelon. Elle occasionne une douleur lancinante et un vrai bouton peut apparaître. Certains hackers, ou *extreme readers*, en détournant le procédé, proposent des expériences radicales telles que la NDE+ (*Near Death Experience+*) débridée : la mort du lecteur en même temps que celle du personnage principal. On a rapporté le cas d'un lecteur mort après avoir *lu* une scène de meurtre où la victime reçoit une balle dans le ventre : à l'autopsie on s'est aperçu qu'il avait succombé à une hémorragie interne...

« Déjà, en Asie principalement, la tablette se décline dans de multiples versions : la tablette qui rend fou ; la tablette *electro-shock* – devenue « Le livre » dans la communauté SM ; la *PornTablet* – qui occasionne des érections pouvant être fatales en cas de surconsommation (cas de priapisme aigu) ; le *narcobook* – loué pour ses vertus curatives et qui vous endort un insomniaque... Le concepteur de cette tablette révolutionnaire, Matt Richards, rêve à un livre audio qui serait lu dans une nano-oreillette à un niveau sonore imperceptible par l'auditeur – qui peut même dormir pendant la lecture –, mais qui s'imprimerait d'une manière profonde dans la mémoire du lecteur. Celui-ci, même s'il n'a pas perçu la lecture, connaît le livre comme s'il l'avait lu la veille – mieux même, affirment certains. L'avantage est énorme : l'auditeur peut faire plusieurs choses à la fois, c'est le paradis du *multitasker* – il serait même capable d'intérioriser de façon inconsciente un nombre phénoménal de connaissances. Si certains y voient un enrichissement de l'humanité et l'avènement de l'homme plurilingue, d'autres dénoncent le danger idéologique qu'une telle technologie représente. En effet, elle ne permettrait d'apprendre que quelques langues "impérialistes". Un matin, l'homme se lèvera et parlera mandarin.

« Une légende circule déjà autour de la puissance de cette tablette. Il existerait un *dark OrganikBook* que hanteraient les *ghost readers* : ces lecteurs dont l'esprit a été comme happé, à jamais prisonniers d'une histoire. »

12

Trufrock consulta son lot habituel de mails menaçants. Les oxfordiens, les marlowiens, les baconiens… Gens de toutes obédiences.

« Vous me tiendrez pour un hérétique. Parce que nous ne croyons pas à votre dieu Shakespeare, nous sommes pour vous hérétiques par la pensée. Vous avez rejeté d'un clic – sans même vous y intéresser vraiment – l'hypothèse Edward de Vere. Et ce, en dépit de toutes les preuves. Nous avons prouvé que Shakespeare n'était pas enterré à Stratford-upon-Avon. Sa tombe est une *fake tomb. Solid evidence, I daresay…*

Preuve concrète, oserais-je dire…

Edward de Vere est le vrai Dieu !
Yours sincerely,
The real DVA (De Vere Army) »

Kit Marlowe a simulé sa propre mort, OK ? *Édouard II* & *Richard II* ont été écrits par la même personne.

« *Kit Marlowe faked his own death, OK ?*
Shakespeare est un prête-nom. Shake-speare.
Edward II *&* Richard II *were written by the same person.*

We have pretty definitive evidence.
Oxford is a hoax!
Kit's the real thing!
Long live rockin' troll!

Nous avons des preuves irréfutables. Oxford est un canular ! Seul Kit est authentique ! Longue vie aux trolls rockers !

Yours faithfully,
Mr Ingram Frizer, Twitter & Trolls Inc. »

« Vous avez trahi la juste cause. »

« *Thou art a traitor and therefore shall die in disgrace !*
And long live Francis! »

Tu es un traître et tu mourras donc déshonoré !

Était joint un enregistrement :

Number 9… number 9… number 9…

13

Ne dormant pas et voulant prendre l'air, Trufrock marcha en direction du square Barye. On venait de lui signifier son exclusion du Kit Kat Club pour avoir critiqué la publication d'un article soutenant que William Shakespeare n'avait pas écrit l'œuvre qui lui est attribuée. Il avait osé se moquer des arguments d'un auteur soutenant que seul un aristocrate avait pu écrire une œuvre d'une telle profondeur. En riant de ses arguments, Trufrock avait enfreint l'article 12 alinéa 4 astérisque 3 qui interdisait de rire d'une proposition ou d'une publication d'un membre du club. La sentence ne s'était pas fait attendre : Trufrock avait été exclu avec le même nombre de voix que pour l'anéantissement des pigeons bisets.

Comme à son habitude, il se rendit tout au fond du square Barye. Surplombant la proue du vaisseau *Saint-Louis*.

Un métro aérien illuminé passa au loin sur le pont de Bercy.

À minuit, le spectre de Lead Belly réapparut et chanta :

Didn't old John
walk the water,
water on his knees?

L'épiphanie passée, il se rendit avec St Luke au St Reggie, au carrefour de la rue Jean-du-Bellay et de la rue Saint-Louis-en-l'Île.

– Le St Reggie, Trufrock, porte le nom de St Reggie Miller, auteur du miracle des 8 points en 9 secondes. C'est le meilleur shooter à 3 points de tous les temps…

Un barman préparait un cocktail sur le zinc.

– Trufrock, je vous présente Thomas – *aka* « l'homme aux six bras ». Le meilleur barista de l'île ! Formé en Amérique du Sud. Initié par les shamans. Tom, faut être accueillant, il s'est fait virer de son club… C'est des cons à La Cantate !

– *Yes*, papa !

– *Shake, shake*, Tommy !

– *Yes*, papa !

– Un Rhapsody in Blue et pour vous, Trufrock, une eau minérale millésimée ? De la galloise ? De la Llanllear ?

En essayant de prononcer les syllabes celtes, St Luke envoya moult postillons sur le faciès trufrockien.

– Son Rhapsody in Blue est divin. Litchi, curaçao bleu, kiwi. Et des sungold, les kiwis !

St Luke but son cocktail cul sec.

– Tommy, un Lebowski's Caucasian, *please*.

– *Yes*, papa !

– Observez, Trufrock, ce subtil dosage : vodka Zubrowka à l'herbe de bison, Kahlúa et un nuage de lait.

St Luke fut aussi rapide que pour son premier cocktail et descendit d'un trait son Lebowski.

– Vous savez pourquoi Lucky Luke tire plus vite que son ombre ? C'est parce que c'est son ombre qui dégaine en premier. Si, si, c'est très sérieux… c'est scientifique. Un professeur de l'université de Birmingham l'a prouvé de manière expérimentale. « La vitesse de réaction est plus rapide que la vitesse d'initiative. » Il vaut mieux attendre que son adversaire dégaine… Au départ, c'était un spécialiste de physique quantique, mais il était obsédé par les westerns-spaghettis… Il voulait montrer pourquoi Blondie battait toujours ses adversaires alors qu'il attendait toujours qu'ils dégainent en premier… Tom, s'il te plaît ! Un Samuraï Seppuku.

14

Trufrock regagnait ses pénates, assis confortablement dans sa BW.

– John, tu veux écouter ma nouvelle composition ?

– *No!*

– *I'll play it to you all the same.*

Music played.

Je vais te la jouer quand même. Il joue de la musique.

– Alors ?

– Magnifique. J'ai reconnu du Bach et du Buxtehude. Mais c'était beau. Et quel toucher, BW !

– Ton corps ne peut pas me mentir. Je perçois dans tes propos une légère ironie. Mais selon mon œil de cyclope, tu as pris beaucoup de plaisir. Et tu as eu un shot d'endorphine. Tu aimes donc ce que je compose : tu adores !

– « On n'adore que Dieu. »

– *'Scuse me?*

– Ce n'est pas moi qui parle mais ma mère qui s'est exprimée à travers moi – mon corps n'est qu'un instrument – et si elle a envie de s'exprimer, elle le fait.

Au fait, si je te demandais de prouver l'existence de Dieu… Je ne te dis pas de le faire, mais d'imaginer, de conjecturer, sans chercher la réponse, ce qui pourrait arriver…

– Tu n'es pas très clair, John – et je mets ça sur le compte de ton héraclitisme primaire –, mais pour te donner une réponse concise : il est possible que tu me fasses faire un AVC. Tu aurais voulu que je te réponde qu'il existe un algorithme de Dieu – l'algorithme YHWH ? Mais j'ai été programmé pour rester silencieux en la matière.

Au même moment, une SV doubla la BWV et lui fit presque une queue de poisson.

– Mais quel connard ! Comment elle peut faire ça ?

– Les SV Testarossa, John, ont eu un problème de série. Elles sont censées avoir toutes été révisées mais il reste ce qu'on appelle des *feral cars*. Il se trouve qu'elles sont agressives et jouent les mâles dominants. Elles ont comme des montées de testostérone… Et tout d'un coup – *out of the blue!* –, elles accélèrent, dépassent et se croient dans *Fast and Furious*. Ou dans *Cars*. Des Lightning McQueen…

des voitures sauvages

sans crier gare !

BW – ayant analysé les données relatives à la fatigue de Trufrock – diffusa lavande et escholtzia.

– John, tu as entendu parler des *drakcars* ? Quand quelqu'un meurt dans sa voiture autonome…

Trufrock ferma les yeux.

Drakkar glissant sur le bitume. Cercueil de Viking flottant. Âme dérivant à jamais sur le macadam.

15

À une table du Blues Blood Café, Trufrock était installé en compagnie du professeur John Hazlitt – descendant direct de William Hazlitt – qui avait été, lui aussi, victime des coups de guillotine du club – lequel s'était d'ailleurs débarrassé de son nom originel de Kit Kat Club pour celui, plus solennel, de Knights of the Truth. Ses membres avaient en outre créé une hiérarchie, avec un Grand Maître au sommet, ainsi que des insignes qui manifestaient un goût prononcé pour les décorations.

Chevaliers de la Vérité

– Vous avez des nouvelles des *ghost readers* ?

lecteurs fantômes

Le professeur Hazlitt contrôla qu'il n'était pas écouté. Il allait répondre, quand il vit une guêpe se poser sur son verre. Il fit « Chut ! », l'index collé à la bouche. Il désigna à Trufrock l'objet de son interruption – interruption que Trufrock avait bien comprise : la guêpe pouvait être un nano-drone, fruit des recherches en nano-entomologie.

Il y eut une tension palpable dans le regard de

Trufrock. Comme le dérangement occasionné par un tiers profane pénétrant dans une aire sacrée. La guêpe qui voletait dans le verre de vin du professeur ne se décidait pas à partir. D'un revers de la main, Hazlitt chassa l'intruse, qui alla se poser sur la table d'un homme que Trufrock n'avait pas remarqué. Celui-ci sortit une vapoteuse, tout en scrutant l'insecte, puis, d'un geste vif, il tira sur la vapoteuse qui se révéla être extensible et se transforma en une tapette qui écrasa la guêpe avec une précision chirurgicale.

– Bonjour, messieurs. Comité antidrones. Alexandre Klein. Mais appelez-moi AK.

Il saisit un œil qui faisait loupe et scruta le corps réduit en bouillie avec une pince à épiler.

Repose en paix, Mme la guêpe !

– Haha ! Ce n'en est pas un… *Rest in peace, Mrs Wasp!* Il y aura malheureusement des innocents sacrifiés. C'est le prix à payer. Normalement, c'est à peu près 25 %. Et encore, il y a des drones de la taille d'une puce : nous avons d'ailleurs créé une armée de coccinelles kamikazes – l'ingestion des circuits infinitésimaux leur étant fatale…

Tout en parlant, il prit un sachet dans lequel il plaça le cadavre de la guêpe.

– Je possède un restaurant spécialisé dans les insectes : Le Criquet d'or. Venez y manger un jour… Quand c'est des drones, on les donne à nos araignées antidrones. Leur toile, que nous avons génétiquement modifiée, les électrocute. Nous avons mis au point un fil idoine pour la capture et la destruction des drones les plus furtifs.

Nous sommes ceux qui essaimons des araignées dans les bibliothèques, dans les librairies, dans les bars…

Trufrock entendit :

We shall fight on the beach!
We shall fight in the bars!
We shall fight in the loo!
We shall never surrender!

Nous nous battrons sur la plage ! Nous nous battrons dans les bars !/ Nous nous battrons dans les chiottes !/ Nous ne nous rendrons jamais !

– Vous serez peut-être étonnés que je vous confie tout ça. Mais j'ai vu votre réaction quand la guêpe est arrivée. Il était clair que vous étiez du parti de la liberté. Par contre, un conseil, messieurs, ne parlez pas trop des *ghost readers*…

Trufrock et son acolyte eurent une réaction de surprise et d'inquiétude.

– Ne vous inquiétez pas, sourit AK. *I am in the know.* Je peux même vous dire que j'ai connu le créateur de l'*OrganikBook*… Le problème majeur est qu'il s'est emprisonné dans sa propre machine. *He's trapped in a prison of his own design.* Je suis sûr que ce n'est pas un simple livre, une simple histoire qui l'a piégé – mais quelque chose à quoi il travaillait en parallèle. Un livre dont vous êtes le héros avec une infinité de scénarios. Te voici à Crécy…

Je suis au courant.

Il s'est piégé dans une prison de sa propre invention.

Trufrock laissa Hazlitt et AK à leurs rêveries entomologiques.

Il rentra quai de Bourbon et, épuisé, se coucha.

Ne parvenant pas à dormir, il se rendit à pied au square Barye.

Marchant dans la nuit, quai de Béthune, il contemplait la Seine – laquelle avait, elle aussi, quitté son lit et inondé les berges. L'eau lui faisait penser à de l'encre de Chine.

Il alla tout au bout du square.

La pointe de l'île était sous l'eau. Seule la caméra aux cent yeux émergeait. Il contempla les deux rives inondées.

Il entendit une voix chanter *Kissing in the Dark*.

C'était le fantôme de Memphis Minnie qui jouait de la guitare et chantait en équilibre sur le mât-œil-caméra…

I been kissin' in the dark
Yeah, kissin' in the dark
Kissin' in the dark, honey, that's my birthmark

16

À l'abri du monde – dans le cocon de sa voiture –, Trufrock observait la mousse de son café : des milliers d'yeux d'araignées semblaient l'épier.

Il consulta l'écran de sa BWV.

Un nouveau message cryptique lui était parvenu :

« *Traffic jam.* Accident. Un camion de déménagement Arius a embouti l'arrière d'une Ford Strad IV.

Neuf camionnettes Jambon de France bloquent le passage de la Vérité.

Un coupé DeVille RC 306 encastré dans un double dekker bus.

Monument à la gloire nationale endommagé.

Une seule solution : Le camion remorque Ford OX. »

Il descendit de sa BWV et se rendit au square Barye.

Il s'arrêta devant le cèdre. Les larmes blanches s'étaient figées. Sperme de cristal.

Il marcha autour de l'arbre. Une plaie s'était formée sur le tronc. Le cèdre était comme éventré.

Il s'approcha de la pointe de l'île.

Le spectre fut ponctuel.

Baby, how long?
How long?
Baby, how long?

17

Au restaurant Barocker – Bach, saint patron de tous les bars rock –, Trufrock déjeunait avec ses confrères de l'EHESI (École des hautes études en sciences de l'imaginaire).

– *Herr Professor*, comme d'habitude ? s'enquit un serveur à l'accent leipzigois.

– *Nein*, je vais changer pour une fois… Le plat du jour…

– Un Buxtehude burger ?

– *Ja, bitte.*

– Quelle cuisson ?

– *Allegro ma non troppo.*

– Un Buxtehude *allegro ma non troppo*

– Moi aussi, un Buxtehude.

– Et moi, pareil.

– Alors : 3 Buxtehude burgers.

– Et quelle cuisson pour vous, messieurs ?

– *Allegro.*

– *Pianissimo.*

– Très bien.

– Moi, je vais vous prendre le J.S. bar.

– Très bon choix, monsieur ! Pêché ce matin dans la Manche.

– Moi aussi.

– Moi aussi.

– Alors, combien de J.S. bars ? Ce sera plus simple : 1, 2, 3, 4, 5, 6, 7. Très bien 7 J.S. bars.

– Monsieur ?

– *Una Stravaganza di pasta.*

– Très bien, quelle cuisson ?

– *Andante* ! *Andante* !

– Et comme dessert pour les menus ?

– Un fjord Sibelius.

– Des boudoirs Borodine.

– Une crêpe Petrouchka.

– Quel whisky pour le flamboiement ?

– Du John Adams.

– Et vous messieurs ?

– Une blitzgrieg.

– J'prendrais bien une lassuze au dessert.

Et les deux compères poufferent.

– Pardonnez-leur, *Mein Herr*, ils ne savent pas ce qu'ils disent.

– Madame, pas de dessert ?

– Non, je vais juste prendre un thé Monteverdi.

– Et vous, monsieur ?

– Moi, je prendrai plutôt une Meyerbeer.

– Monsieur ?

– Une biberbeer.

– Et moi, une scriabibine.
– Vous êtes bien potaches, aujourd'hui !
– *Ja, ja !* Potaches ! Potaches !

18

Fugue.

Trufrock sentit le sol se dérober sous lui. Tangage et roulis.

Il fit demi-tour et revint vers sa BWV – la tête lui tournait, il ressentait comme des convulsions. Il parvint tant bien que mal à sa voiture.

– John, déjà de retour ! Oh, mais tu n'as pas l'air bien ! Ton taux de cortisol est dans le rouge, mon vieux…

– M'emmerde pas avec tes analyses ! *Just roll and do what you're told!*

Contente-toi de rouler et fais ce qu'on te dit !

– À vos ordres, mon général…

Trufrock pianota sur l'écran.

– Qu'est-ce que tu veux ?

– J'entre une destination.

– Mais pourquoi ne me la dis-tu pas directement ?

– Je t'expliquerai plus tard : on va au Groucho Park. Qu'est-ce que t'as comme voitures dans le voisinage ?

– J'ai une Lamborghini Kurtag et une SV Testarossa.

– Une SV, OK, garde un œil sur elle. Si elle s'arrête, tu l'enregistres, compris ?

– OK. Mais, John, tu ne peux pas me dire ce qui se passe ?

– Attends encore un peu.

– La Lamborghini Kurtag a dû s'arrêter : je ne l'ai plus sur mon radar.

– OK.

– Et la SV, elle est toujours là, mais devant nous…

– C'est pas grave. On va voir où elle va. Je te parie qu'elle va s'arrêter devant l'une des entrées du Groucho Park.

– Ah, ça y est, j'ai saisi… Tu as entré cette destination pour… C'est un leurre, n'est-ce pas ?

– Je pense qu'ils ont les moyens de savoir où tu vas, c'est pour ça que je l'ai entrée. Je ne sais pas comment fonctionnent leurs moyens de détection…

– John… euh, qu'est-ce qui s'est passé avec la Lorelei ?

– *'Twas a trap, man…*

– Un piège ! Laura ?

– Quelque chose ne tournait pas rond et j'avais une espèce d'intuition. Comment cette jeune fille qui fait du théâtre, certes, mais avec des compagnies et des metteurs en scène mineurs, se retrouve-t-elle soudain avec un premier rôle à l'Odéon, qui plus est sous la direction de Lupescu ? Le connaissant, ça ne collait pas… Je veux dire, je sais quel genre de comédiens il apprécie – si tant est qu'« apprécier » veuille dire quelque chose pour lui – et elle n'y correspond pas du tout. L'autre possibilité, c'était une promotion canapé, mais Lupescu étant homosexuel, je doute également de cette alternative. Restait une troisième possibilité : Lupescu n'est pas que metteur en scène et directeur de théâtre, c'est également un grand collectionneur de Shakespeare *memorabilia*. Il est richissime, c'est lui qui a le seul fragment d'un manuscrit original d'une pièce qu'il prétend être de Shakespeare…

Le roi de boue.

– *King of Mud*.

– C'est ça. Donc, il ne reculerait devant rien pour que je l'authentifie. Et quand je te dis rien, je te dis vraiment rien. *Got me?*

Compris ?

– *Yes*, John.

– Le problème, c'est que, tant qu'il n'a pas obtenu l'authentification des autorités dans le domaine, le statut de son fragment oscille entre celui de licorne et…

– Ah, je vois… il est invendable, donc les seules personnes intéressées sont des fétichistes, des collectionneurs…

En effet !

– *Indeed!*

– John ! Ça y est, la Lamborghini Kurtag s'est garée, place Pogorelich.

– OK. Dès que je te le dirai, tu feras demi-tour. Vas-y, prends à gauche…

La BWV fit un virage très serré et s'engouffra dans la rue Celibidache.

– Maintenant, donne-moi la liste des hypothèses sur la réelle identité de Laura, et son champ d'action possible.

– OK. En nº 1, son envie de coucher avec toi provient de différents cocktails – avec notamment du gingembre, du ginseng et quelque drogue du Doktor Lupescu-Mabuse. Ceux-ci ont provoqué un désir subit de fornication avec une figure paternelle – toi, John Trufrock, en l'occurrence. Ta figure d'autorité et son association dans son imaginaire avec la figure quasi déifique de Shakespeare font que, pour elle, vous ne faites qu'un. En gros, elle veut coucher avec Shakespeare. La complexité de son fantasme, eu égard à l'espace-temps, fait que techniquement – et symboliquement – elle t'a choisi toi pour fusionner avec le divin Will. En nº 2, elle est juste bourrée et, *scherzando*, elle t'allume avec ses yeux de Lorelei – c'est une femme fatale en puissance –, elle a franchi ce seuil magique de (*avec la voix d'André Breton)* :

la femme-enfant, cette variété si particulière qui a toujours subjugué les poètes parce que le temps sur elle n'a pas de prise.

– Mélusine… murmura Trufrock.

19

John Trufrock parvint enfin à aller dîner – après deux mois de réservation – au restaurant Koltchka – Shaman's Kitchen.

– Si vous voulez bien me suivre…

Un maître d'hôtel mena Trufrock à sa table.

La table voisine était réservée. Toutes les autres étaient occupées.

– Uniquement de la nourriture sacrée, monsieur. Tous les plats proviennent de pays où ils sont réservés aux shamans.

Trufrock examina la carte.

Kalria argonautica. Rutilanda. Altiraï (pois chiches sacrés). Keldour et riz des déesses de la rizière. Quinoa des Andes. Chocolat aztèque (réserve de l'empereur) en forme de temple. Rondelles de soleil, coulis de framboises. Figue égorgée à la Degollador.

– Oui, monsieur, cette nourriture permet à l'âme de se libérer. Les shamans parviennent à la lévitation par la conjonction de leur croyance et l'absorption d'aliments sacrés. Certaines personnes non officiellement « shamans », mais ayant des aptitudes shamaniques, peuvent bénéficier pleinement de cette nourriture.

Le maître d'hôtel se tut un instant.

– La table à côté est celle de Victor Celest, le compositeur de musique contemporaine. Il y a six mois, il a composé ici sa *Symphonie des acouphènes*. Il l'a écrite sur la nappe – que nous lui avons laissé emporter. Très belle partition que j'ai prise en photo. Il avait bu du quetzalcocoatl, mangé du quinoa du lac Titicaca et un égorgé à la figue de paroles baignant dans une mare de sang framboisé. Depuis, il vient tous les deux mois à la même heure. Il a toujours cette table. Il a dû avoir un contretemps, il n'est jamais en retard.

Il s'arrêta, sourit et demanda à Trufrock :

– Vous avez fait votre choix ?

– Je vais prendre un quinoa des Andes.

– Un quinoa des Andes.

– Et pour le dessert ?

– Pas de dessert…

– Vous êtes sûr ? Le Degollador au coulis de framboises est divin.

– Non, merci.

– Vous ratez vraiment quelque chose. Ce coulis de framboises n'est pas un simple coulis de framboises… Vous vous sentirez régénéré après y avoir goûté…

Le maître d'hôtel apporta à Trufrock son quinoa des Andes accompagné de trois flacons.

– Il faut verser les flacons dans un ordre précis – c'est essentiel, monsieur, à la synergie des trois liquides.

D'abord, il faut verser l'huile d'olive pour donner à boire à la déesse mère, puis le jus de citron, symbole du soleil, et enfin le jus de tomate, symbole du sang des vivants versé pour donner à boire au soleil. Bonne dégustation, monsieur.

Trufrock, après avoir fait couler sur son quinoa les trois précieux liquides dans l'ordre protocolaire, se délecta.

Il quitta le restaurant et rentra chez lui. Il en ressortit quelques heures plus tard et marcha jusqu'à sa voiture.

– BW, emmène-moi où tu veux.

– *I'd crowns resign*

– … *To call thee mine.*

La BWV démarra.

Trufrock épuisé, somnolent.

– Où tu veux…

BW choisit une petite odyssée intra-muros.

– Loin…

Les deux yeux caméra analysèrent la dilatation des pupilles.

– Encore une insomnie…

– Oui… impossible de dormir…

Les paupières de Trufrock avaient tendance à se refermer. À un moment, il finit par traverser *la porte d'ivoire ou la porte de corne des rêves…*

Boom! Boom! Boom! Boom!

Trufrock était dans le parc d'un manoir qu'il ne connaissait pas. Il entendait des voix. D'abord brouillées, elles devinrent claires :

Didst thou not hear a noise?
I heard the owl scream and the crickets cry.
In the name of Beelzebub…
Hillo, hoho! Who's there? Answer me!
Shall I sleep again?…
Macbeth hath murdered sleep and therefore Cawdor shalt sleep no more! Trufrock shalt sleep no more!
Answer me… A piece of me…
Is this a dagger?… A dagger of the mind…
It gives me wonder great as my content
To see you here before me. O my soul joy!
Double double toil and trouble;
Fire burn and caldron bubble!
I weep for joy to stand upon my kingdom once again…
Hey, it's not your part, it's mine! I'm Richard II. The king of snow!

« N'as-tu pas entendu du bruit ? »
« J'ai entendu le cri de la chouette et le chant des grillons. »
« Par Belzébuth… »
« Qui va là ? Répondez-moi ! »
Vais-je dormir à nouveau ?…
Macbeth « a assassiné le sommeil, c'est pourquoi Cawdor ne dormira plus ! »
Trufrock ne dormira plus !
Réponds-moi… Une partie de moi…
« Est-ce un poignard ?… »
« Un poignard de l'esprit… »
« Ma surprise est égale à ma satisfaction
De vous voir ici avant moi. Ô joie de mon âme ! »
« Double, double peine et tourment,
Chaudron bouille à feu brûlant. »
« Je pleure de joie de me tenir à nouveau debout sur mon royaume… »
Hé, ce n'est pas ton rôle, c'est le mien ! Je suis Richard II. Le roi de neige !

20

Alors que Trufrock marchait au Groucho Park, il eut une envie de pisser irrépressible.

Il courut aux toilettes. Il s'était résolu – malgré son aversion pour la dégueulasserie des lieux : sol parsemé de pisse, mouchoirs souillés, boue qui colle aux pieds – à se rendre aux chiottes du parc. Après avoir pris toutes les précautions qui s'imposaient : ouverture de la poignée avec un mouchoir, contorsions fakirites pour ne rien toucher, il prit son courage à deux mains, tout en contemplant le trou noir où la merde et la rouille s'agglutinaient.

La sensation de soulagement ne fut pas peu appréciée, et tout en se livrant à un acte somme toute naturel, mais des plus contraignants, il examina les murs.

Graffitis. Tags. Écrits divers.

Hommage à *La Maman et la Putain*, écrit au-dessus de la cuvette des chiottes :

Saute, Narcisse !

Auquel répondait :

Rest in piss, Narcisse

Écrit au rouge à lèvres :

Homère m'a tuer.

signé : *Pénélope la salope* – accompagné d'une adresse mail : penelopelasalope@gmail.com

Sur un miroir au-dessus d'un lavabo :

My kingdom for a whore!
Longtemps, je les ai levées de bonne heure.
La chair est triste, hélas ! et j'ai bu toutes les lèvres.
She fainted on the crowing of the cock.

Dans un dialecte napolitain :

Amore, brutto figlio de potana !

Auquel répondait :

Tiramisu ! Tiramisu !

Au-dessus de la poubelle :

TON SANG EST LE ROUGE À LÈVRES
DE LA RÉVOLUTION.
AVEC TON SANG, J'ÉCRIS TON NOM :
LIBERTÉ.

Une incantation adressée à la déesse Viagra :

Hâte-toi, lève mon vit !

L'empereur qui voulut être dieu n'était pas oublié :

Héliogabale, l'analfist couronné.
Égorgé par sa police dans les latrines de son palais…

Un autre suppôt d'Artaud le Mômo avait laissé :

Là où ça sent la merde, ça sent l'être.

Tout ça rendait Trufrock méditatif.

Les chiottes inspirent. Lieu de haute expressivité. Qui écrit sur les murs des toilettes ?

À un royaliste ayant fleurdelisé les lieux répondaient :

FUCK LA FLEUR DE LYS !

Dégueule la fleur de lys d'or !

« La fleur *délices* » avait surajouté une tierce personne.

Rejoins-nous dans le Jardin des délices…
#Iphigenielatorride

La porte n'était pas épargnée :

La raie est longue et le vit est court.

La Nuit écarte ses cuisses pour y moucher son ennui.

Sissy, je les ferme la nuit…

Welcome in Waterloo!

21

À l'Organica, ce jour-là, Trufrock cherchait du kaswongaï.

L'Organica était un des rares magasins où Trufrock n'éprouvait pas d'angoisse ni de mélancolie. La musique était à son goût. La playlist s'étirait d'Hildegarde von Bingen à Julius Eastman.

Trufrock cherchait donc son kaswongaï, immergé dans du Dufay.

Baies de goji, açaï... Où ont-ils foutu le kaswongaï ?

– Excusez-moi, je cherche du kaswongaï.

– Du quoi ?

– Du kaswongaï

– Du kas-won-gaï... Vous êtes sûr ? Jamais entendu parler.

Une cliente s'immisça dans la requête trufrockienne.

– Oui, monsieur a raison. Ça me dit quelque chose...

Zoltán Kodály avait succédé à Dufay.

– Vous êtes sûre ? Ça ne serait pas plutôt de l'açaï ?

– Non, non… c'est bien du… comme vous avez dit, monsieur.

– Kaswongaï.

– Du kasongaï, c'est ça… Oui, j'en suis sûre, j'en ai entendu parler.

– Du kaswongaï ou du kasongaï ? Vous…

– Oui, regardez sur votre ordinateur.

– Non, madame, il n'est pas référencé dans nos articles.

– Alors regardez sur Internet. Kalsonbaï ou kasonkaï…

– Kaswongaï, reprit Trufrock malgré lui – déjà un peu absent. K-A-S-W-O-N-G-A-Ï, je crois. Mais ne vous embêtez pas, je dois filer. Je reviendrai demain.

– Attendez, ça prend deux secondes.

– Vous me direz demain, je dois vraiment y aller…

– Montrez-moi, reprit la cliente inquisitrice.

Le moteur de recherche ne proposait que des mots s'en approchant vaguement.

– Non, mais ça ne s'écrit pas comme ça !

Trufrock fugua.

– Écoutez, madame, ça n'existe pas ! Si ce n'est pas dans le moteur de recherche, ça ne peut pas exister !

– Bah, c'est ça, traitez vos clients de menteurs… de fous !

– Bon, écoutez, madame, j'ai pas que ça à faire ! Alors soit vous me laissez travailler, soit vous allez dans un autre Organica…

– Non, mais j'hallucine, Quelle grossièreté !

Les portes automatiques se refermèrent. Trufrock inspira un grand coup et regagna l'île Saint-Louis tout en contemplant la Seine. Il aperçut un homme assis sur le bord de la rive droite, sous une tente Quechua. Il pensa à St Luke.

Il entendit comme le son d'un *clavecin hanté*.

Trufrock croisa le gardien d'un immeuble voisin du sien.

– Monsieur Trufrock, c'est horrible ! Y a un coursier qui s'est fait écraser juste devant chez vous. Écraser, écrabouiller serait le mot. Il avait un colis pour vous. Apparemment, il contenait une montre : elle est en mille morceaux. Selon des témoins, un énorme 4 × 4 avec des roues cloutées lui a roulé dessus. Il a eu les deux jambes sectionnées. C'est horrible, monsieur Trufrock !

Quelque peu ébranlé, Trufrock – qui prenait toujours l'escalier pour monter chez lui au quatrième étage – prit exceptionnellement l'ascenseur.

22

Se rendant à son séminaire sur Shakespeare à l'EHESI, Trufrock fut comme aspiré par la foule assistant, jusque dans la cour de l'école, au séminaire d'histoire contrefactuelle.

Un orateur, via de nombreux haut-parleurs, salua la foule :

– Bienvenue au séminaire d'histoire contrefactuelle !

De la musique succéda aux salutations, Trufrock reconnut *The Fairy Queen*.

A thousand,
Thousand, thousand,
Thousand, thousand,
Several ways

Le séminaire d'histoire contrefactuelle – qui était en rivalité avec le séminaire d'histoire parallèle – remportait un franc succès. L'année était consacrée aux guerres napoléoniennes. La période traitant de Waterloo suscitait un engouement considérable – jusqu'à l'émeute. Grouchy obéissait à l'Empereur et Waterloo était gagnée. Il avait fallu ouvrir les portes de la salle des conférences. Des hommes et des femmes écoutaient même sur le trottoir – la circulation avait dû être stoppée. Et des millions d'internautes suivaient le séminaire avec passion.

Des noms d'oiseaux volèrent. Des bagarres éclatèrent. Des descendants de maréchaux se sentant bafoués – souillés dans leur honneur ancestral par les puristes bonapartistes – en vinrent aux mains. Un drapeau suédois sur lequel était inscrit : *Berne à dote* brûla.

– Marmont, Mammon !

– Marmont, Mammon !

– Marmont, Mammon !

Des passionnés – quelque peu déraisonnables – étaient venus déguisés, bicornes, tricornes et tout. D'autres s'étaient déguisés en Talleyrand – c'étaient sans doute les plus téméraires, d'aucuns auraient dit masochistes. Ceux-là se prirent des selles dans des bas de soie.

Eh oui, il pleuvait de la merde et de la soie par les fenêtres du premier étage.

Trufrock voulut sortir des rangs, mais il se sentit emporté par la foule. Il était prisonnier d'une houle, où il était sans cesse bousculé, ballotté.

Des soldats criaient :

– Grouchy, on t'conchie ! Grouchy, on t'conchie !

Il y avait de fort belles femmes déguisées en Joséphine de Beauharnais, lesquelles prêtaient le flanc à…

– *Hey Joe!*

Certaines Joséphine exhibaient leur poitrine porte-bonheur – comme la Cicciolina au *Mundial 90*. D'aucuns vinrent les malaxer, ce que d'autres ne purent supporter…

– Mon corps m'appartient…

– Oui, mais tes seins sont les mamelles de la Révolution !

Les femmes étaient fort bien entraînées – kung-fu, aïkido, krav maga –, il y eut donc des combats. Des Joséphine et des Marie-Thérèse se battaient avec des Talleyrand, des Fouché, des Alexandre…

– Sus à la putain ! Sus à la putain !

Malheureusement pour les ministres, empereurs et maréchaux, la putain se défendait fort bien.

Le roi d'Angleterre et le tsar se cassèrent le nez pour avoir osé humer de trop près le parfum de l'impératrice.

Des bicornes volèrent, des Légions d'honneur – crachats de l'Empereur – furent arrachées.

Des « Vive l'Empereur ! » furent étouffés dans le sang, des mâchoires brisées :

– Wiwe l'empweuw !

Des gencives valsaient, des canines volaient, des incisives sifflaient.

Des :

– Murat aubergiste ! Murat aubergiste !

furent repris par des soldats anglais.

On entendit aussi des :

– Fouché, Gestapo ! Fouché, Gestapo !

qui finirent par devenir :

– Fouchéstapo ! Fouchéstapo !

L'empoignade fut générale. On jouait un pot-pourri Waterloo/campagne de Russie. *Waterlodino* !

Le prince Bagration mit une droite au tsar Alexandre pour avoir osé peloter sa sœurette. La magnifique, la pétulante princesse Bagration.

– Romanov, romano ! Romanov, romano ! La plus vieille dynastie du monde te chie à la gueule !

Le Géorgien était un excellent lutteur, ce qui fit qu'Alexandre se retrouva cloué au sol. Un sbire de la garde et un cosaque voulurent intervenir mais le prince sortit un vrai sabre de son fourreau et les tint en garde.

Les soldats pro-napoléoniens, les fidèles de la Grande Armée portèrent le prince Bagration en triomphe et l'acclamèrent aux cris de :

– Vive Bagrat ! Vive Bagrat ! (*bis*)

– À bas Sacha !

– Vive Bagrat !

– À bas Sacha !

Un maréchal, peut-être honteux, accrocha une Légion d'honneur sur la poitrine du prince – le maréchal en avait encore six épinglées à son uniforme.

Les lutteuses continuaient à se crêper le chignon dans la boue de la débâcle.

La Grande-Duchesse, ne pouvant supporter la morgue et l'insolence d'une sœur de Napoléon, sortit une bombe lacrymogène et la doucha avec. Les cris étaient stridents et des verres en cristal de Baccarat – que d'aucuns avaient apportés pour célébrer ce séminaire – éclatèrent.

Les verres éclatant – bombes à fragmentation – firent de nombreux blessés.

Est-ce que l'Empereur avait été atteint dans la salle de conférences ?

L'effroi fit trembler les rangs.

Heureusement, les fenêtres ouvertes avaient sûrement atténué le choc de l'explosion.

– L'Empereur est mort !

– Non, l'Empereur plie mais ne rompt pas !

Un mouvement de panique généralisée se propagea comme une traînée de poudre. On se faisait piétiner. Quelques aristocrates tentèrent de porter secours à des femmes, mais des maréchaux effrayés se frayèrent un chemin à coups de bâton (de maréchal).

– Marmont, Mammon, l'Empereur aura ta peau ! (*bis*)

– Alexandre, *ya toyou hibou!*

– Fils de fils d'hippophile !

– Murat, aubergiste ! Murat, aubergiste ! Apporte-nous une *blitz kriek!*

Le spectre du duc d'Enghien fit son apparition. Ses partisans lancèrent des fruits pourris : prunes, tomates, kakis. Il y eut des victimes collatérales dont fit partie Trufrock. La garde impériale répliqua avec des fusils *airsoft* qui lançaient de petites billes vicieuses pouvant aisément crever un œil. Le beau-fils de Napoléon – roi d'Italie – se défendit comme il put avec son pistolet à eau.

Sur les flancs, des soldats corses entonnèrent des chants polyphoniques auxquels répondirent ceux des Géorgiens. Ceux-ci chantèrent : *Tchakrulo.* Les orchestres de l'arrière s'y mirent aussi. Goubaïdoulina style. Des pacifistes s'allièrent pour chanter l'*Hymne à la joie.* Ils furent accompagnés par l'orchestre de Tchitchikoïevo.

Des fenêtres, des enragés lançaient tout ce qui leur tombait sous la main : chaises, tables, projecteurs, extincteurs...

On entendit les sirènes de la police se rapprocher.

– Les orfèvres arrivent !

– Les cosaques !

Poisson pourri de Salonique

Un messager de l'Empereur clama :

Ta mère fit un pet foireux
Et tu naquis de sa colique

Lancés au tsar immobilisé, les mains attachées avec un yoyo offert par un cadet des jeunesses napoléoniennes...

– Les cosaques ! Les cosaques ! Barrons-nous !

Ce fut l'émeute !

– La police montée... Les cosaques !

Et les cosaques coffrèrent maints séminaristes et participants.

Trufrock – comme d'autres – se retrouva dans le panier à salade.

En face de lui, le prince Bagration – son crachat impérial semé sur un champ bordé de Saint-Georges – arborait fièrement la Toison d'or.

Beaucoup saignaient ou portaient les traces de rudes combats : œil au beurre noir, œil poché, épaules disloquées…

Les soldats géorgiens se remirent à entonner un chant polyphonique que ne purent contenir les fonctionnaires de police.

Les insultes continuaient à fuser :

– Zoophiles, consanguins !

– Cambacérès, sagouin !

– Bernadotte, *Wasi, Wasa* !

Un peu moins cryptiques furent les :

– Bernadotte, salope !

Talleyrand recouvert de merde avait l'air hagard. Un vieux Louis XVIII (XXL) le charria :

– « Monsieur Talleyrand ne se trompe que d'une lettre dans ses prétentions : il est du Périgord et non de Périgord… »

À ces mots, Talleyrand – ayant bu le calice jusqu'à la lie – se jeta sur Louis XVIII, lui faisant goûter les excréments recouvrant sa soi-disant noble personne. Les deux pseudos s'empoignèrent et se retrouvèrent au sol. Catcheurs dans la boue – et tout ça pour une lettre…

– *Mangia la merda ! Mangia la merda !* hurlait Talleyrand.

Les policiers, ne se résignant pas à se salir les mains, firent sortir les prisonniers qui, encore dans leur rôle, respectèrent la préséance.

Les pompiers purent ainsi rafraîchir les ardeurs éristiques des deux nobles.

Talleyrand fut le plus dur à immobiliser. Il fut tasérisé. Et on lui mit une camisole. À Louis XVIII (XXL) on ne passa que des menottes recouvertes de sang, de merde et de larmes.

D'étrons aux fleurs de lys d'or.

23

Pour oublier ses déboires, Trufrock invita St Luke au St Reggie.

Ils buvaient un verre en terrasse. St Luke en était à son troisième Rhapsody in Blue, Trufrock à sa première eau minérale. St Luke s'arrêta brusquement, ayant vu passer un vieil homme. Il se leva de sa chaise et cria :

– Napo ! Napo ! C'est bien toi, vieille branche ? J'te croyais mort !

L'homme, visiblement gêné, lui répondit :

– Je ne vous connais pas…

– Mais qu'est-ce que tu racontes, Napo ? Napo Marx ! C'est moi, St Luke !

– Je ne vous connais pas, monsieur !

– Putain, Napo ! T'as Alzheimer ou quoi ? Avant de vivre port Henri-IV, tu vivais sous le pont au Change… T'avais la seule tente Dunlop… Viens boire une mousse !

– Mais laissez-moi, monsieur ! Vous devez confondre…

Et profitant de l'absence de circulation, le vieil homme traversa la rue.

– C'est pas possible…

St Luke, n'insistant plus, revint s'asseoir à la terrasse du café.

Il paraissait soucieux.

– Il doit avoir Alzheimer… Napo… Il prétendait descendre de Napoléon et d'une comtesse russe… Ouais…

Il se leva soudainement et traversa la rue en quelques foulées.

Puis il se retourna et lança :

– *Fare thee well*, Trufrock ! Adieu

Trufrock le perdit de vue au carrefour.

Il rentra chez lui.

Quelques heures plus tard, il descendit de son appartement.

Attroupement. Policiers, pompiers. Voitures brûlées.

JST avait un mauvais pressentiment. Trois voitures. Celle du milieu. Entre les deux. BWV. Carcasse calcinée. Elle fumait encore.

Johnny,
Remember me!

JST n'avait plus de voix. Ne pouvait plus parler. Sifflet coupé.

La police lui fit comprendre « avec beaucoup de tact » qu'il fallait s'éloigner, circuler, qu'il n'y avait « rien à voir ».

JST – sonné – tangua et regagna ses pénates.

Dans le hall de son immeuble, il croisa un voisin curieux de savoir ce qui se passait, auquel il ne put répondre. Aucune syllabe ne sortit de sa bouche. Muet.

24

En deuil de BW, Trufrock sentait qu'il devait fuir Paris. Il prit le train pour Fontainebleau.

Une fois là-bas, il alla marcher dans la forêt.

Il vit des velours de bois de cerf au pied d'un vieux chêne. Il aperçut les deux ramures. Quelqu'un les avait plantées dans le tronc de l'arbre. Comme un totem vivant.

Il entendit du bruit. Il surprit un Pikachu géant qui jouait à cache-cache. Il essayait de se cacher derrière un arbre.

Trufrock se glissa lui-même derrière une souche moussue.

Il y avait une espèce de fossé : il se mit en position de guet, s'agrippant aux racines dénudées de la souche. Il tenait fermement ces gros serpents durs.

L'homme déguisé en Pikachu semblait continuer à jouer à cache-cache. Puis, comme pris de panique, il se mit à courir comme un dératé. Le poursuivant, lui aussi déguisé en Pokémon, était visiblement plus rapide. Pikachu, sentant son adversaire se rapprocher, se protégea derrière un énorme chêne.

Les deux Pokémons tournèrent une fois, deux fois autour de l'arbre, puis Pikachu repartit en courant. Mais, apparemment émoussé, il laissa son poursuivant parvenir à sa hauteur. Celui-ci lui fit un plaquage digne d'un All Black. Il sortit ensuite un couteau avec lequel il fit un trou dans le déguisement de Pikachu, de l'entrejambe au bas du dos. Il se fit à lui-même un trou au niveau du sexe. Trufrock vit son membre viril raide – droit comme un sceptre. Sans préliminaires, il s'enfonça dans Pikachu, lequel, à quatre pattes, recevait ses coups de boutoir.

Trufrock n'arrivait pas à savoir si les cris de Pikachu étaient de plaisir ou de douleur, ou des deux à la fois.

Un troisième Pokémon fit son apparition : il avait un téléphone dans les mains. Il se tenait juste à côté de la bête à huit pattes et les filmait sur son portable.

Terrorisé, Trufrock lâcha les deux racines pétrifiées et se laissa retomber dans le fossé. Il essaya de faire le moins de bruit possible – la perspective de se faire sodomiser par un Pokémon ne lui paraissant pas des plus réjouissantes.

Il était couvert de terre humide. Il grimpa de l'autre côté du fossé, rampa jusqu'à un hêtre, fit le mort pendant une minute – caché derrière l'arbre – puis se releva et s'éloigna sans se retourner. Les cris de Pikachu lui parvenaient toujours.

Il avait senti une grosse montée de stress – son taux de cortisol avait dû s'emballer. Il avait peur et craignait de s'être perdu. Et ce foutu portable qui était déchargé.

Il marcha sur un tapis de feuilles mortes. Ça grouillait de vie en dessous. De grosses racines semblaient avoir arraché à la terre un rocher qu'elles retenaient dans leurs serres. Trufrock caressa la mousse qui le recouvrait. Il s'emplit d'une douceur humide. Il en arracha une partie, puis se remit à marcher.

Il aperçut un arbre avec un champignon en forme de demi-lune collé sur son tronc. Il se sentit inexorablement attiré par cet arbre.

Il savait que l'arbre souffrait. Le champignon était en train de le dévorer de l'intérieur. Il le vampirisait, lui suçait la sève. Trufrock scruta la petite boule, on aurait dit qu'elle émettait une pulsation. Il pensa un instant que c'était son propre pouls. Mais la petite boule pulsait à un rythme plus lent.

Il toucha l'écorce. Et tout en la touchant, il contemplait cette demi-lune fongique. Dans sa tête, il se dit : Ne le touche pas, surtout ne le touche pas. Mais sa main alla de l'écorce au champignon. Il caressa son sommet, puis il passa sa main dessous. Il eut l'impression que le champignon réagissait à son toucher, il devenait mou, presque gluant. Sa main s'enfonça peu à peu. Il vit comme une petite bouche se former juste au-dessous de son poignet.

II

We are such stuff as dreams are made on

« Nous sommes de l'étoffe
dont les rêves sont faits »

1

Trufrock savait qu'il avait un rendez-vous très important. Que sans doute sa vie en dépendait.

Il se présenta au réceptionniste. Celui-ci lui répondit qu'il était en retard. Tout en l'admonestant – pour ne pas dire en le *cuculisant* –, il faisait clic-cliquer son stylo.

– Vous deviez-clic-clic vous présenter-clic-clic-en avance... Clic-clic-clic...

Trufrock attendait qu'on lui indique l'étage – il avait affreusement mal au cou. Le réceptionniste continuait à faire clic-cliquer son stylo. Trufrock – plus tendu que jamais – avait la bouche sèche. Le réceptionniste arrêta tout d'un coup ses clics.

– Trufrock... Trufrock...

Trufrock avait besoin d'un café – pourquoi n'en avait-il pas pris un avant de venir ? Une machine à café attira son regard. Le réceptionniste avait une tasse juste devant lui. Trufrock demanda un café. D'une manière maladroite et en articulant mal – à cause de cette foutue bouche sèche.

– On ne peut… clic… pas… clic… clic… clic… c'est défendu… clic… vous en prendrez un à l'étage… clic – le réceptionniste variait un peu le rythme, segmentant ses phrases avec plus ou moins d'intervalles.

Trufrock finit par s'enquérir de l'étage.

– L'étage… clic… l'étage…

En soulevant des feuillets, le réceptionniste renversa sa tasse de café sur le bureau.

– Merde !

Une petite marée noire recouvrit peu à peu tous les feuillets. Le visage du réceptionniste se figea en une expression ridicule. Il écarquillait les yeux – ce qui lui donnait l'air aussi bête qu'un pigeon.

– Putain de merde ! Fait chier ! Putain de merde ! C'est à cause de vous ! Je vais me faire virer !

Trufrock nota que les clic clic avaient disparu. Le bureau était complètement recouvert de café, lequel avait transformé tous les papiers et les feuillets en un tas gluant. Il gouttait sur le sol et le réceptionniste ne faisait rien à part crier.

Trufrock se dirigea vers les ascenseurs – son retard et l'hystérie du réceptionniste l'incitaient à ne pas traîner.

Deux agents de sécurité arrivèrent.

Le réceptionniste parut terrorisé en les voyant apparaître.

– C'est à cause de lui ! Il a renversé du café sur le bureau…

L'un des deux agents lui signifia que le règlement interdisait de donner quoi que ce fût à une personne ayant rendez-vous.

– Je voulais dire : il a renversé mon café… Mon café ! Putain ! C'est à cause de lui ! se mit-il à brailler.

L'un des agents fit un signe de tête à son collègue.

Ils attrapèrent le réceptionniste par les aisselles et le soulevèrent.

Celui-ci hurlait à qui mieux mieux.

– Connard ! Dis-leur ! Connard ! C'est de ta faute, connard !

L'équipage à six jambes entra dans un ascenseur réservé au personnel. Trufrock put voir sur un écran lumineux que la cabine descendait.

Il appuya sur un bouton doré qui semblait usé – victime de la patine du temps. Les portes de l'ascenseur s'ouvrirent. Le dernier étage étant le 25e, il appuya sur le bouton 25. L'ascenseur se mit à lui parler :

– Nous regrettons de ne pouvoir répondre positivement à votre requête.

Sur l'écran, un code était demandé.

Il essaya l'étage en dessous.

– Vous avez choisi le 24e étage, dit une voix numérisée.

L'ascenseur commença à monter. Les étages défilèrent sur l'écran.

Au 4e, l'ascenseur stoppa. Les portes s'ouvrirent.

– Vous descendez ? demanda un homme vêtu d'un costume et portant une mallette.

Trufrock le salua mais l'homme ne répondit pas à ce salut. Sans se soucier de la réponse à sa question, il pressa un bouton puis fit un code qui permettait d'accéder au sous-sol.

Trufrock – de plus en plus stressé et le cuir chevelu de plus en plus tendu – se dit que, sans doute, les étages à code étaient prioritaires. L'ascenseur s'arrêta pourtant trois étages plus bas mais ses portes demeurèrent fermées. Au bout de trois secondes, il reprit son ascension – au grand dam du costard-cravate. Celui-ci lança à Trufrock un regard noir et, presque hystérique, retapa un code en soulevant la mallette devant la main droite qui composait le numéro. L'ascenseur s'immobilisa encore. Puis il y eut un clic suivi d'une descente vertigineuse. Les deux hommes se mirent à crier – malgré eux. L'ascenseur stoppa tout d'un coup et ils furent projetés au sol.

Trufrock se releva – une grosse douleur dans le dos.

L'ascenseur recommença à descendre – comme dans une violente descente de montagnes russes. Les deux hommes furent plaqués l'un contre le fond de la cabine et l'autre contre les portes.

L'ascenseur s'arrêta net. Les deux passagers tombèrent de nouveau sur le sol – comme deux pantins.

Ils s'étaient à peine relevés que l'ascenseur se remit en marche, non plus verticalement, mais horizontalement.

Trufrock avait horriblement mal au dos.

Le costumé, dont le nez saignait, avait perdu patience et recomposa frénétiquement un code secret.

L'ascenseur sembla obtempérer, il s'immobilisa un instant, descendit, avant de s'arrêter encore. Il reprit une trajectoire horizontale pendant environ trois secondes, puis recommença à monter.

Cette fois, le costard-cravate, furieux, se jeta sur l'écran et tapa une série de codes – systématiquement refusés par l'ascenseur.

Il continuait à monter, Trufrock espérait que, peut-être, il allait stopper au 24e.

Mais il s'arrêta avant. Un autre homme en costume entra et les salua : « Messieurs. » Il s'attarda un peu sur Trufrock – ce qui ne fit qu'accroître l'angoisse trufrockienne.

Il allait taper un code, quand le premier homme, dont le nez était cassé, se mit devant le clavier.

– Permettez, je descends et j'ai la priorité.

– Qu'est-ce que vous dites ? Vous savez bien que c'est l'ascenseur qui règle les priorités. Comme dit notre président : L'ALGORITHME, LUI, NE MENT PAS. L'algorithme est infaillible.

– Nous allons voir.

L'ascenseur recommença à monter.

Cette fois, l'homme à la mallette devint hystérique. Il se rua sur l'écran et tapa de nouveau des codes en poussant violemment l'autre homme.

– Qu'est-ce que vous faites ?

L'ascenseur s'arrêta et repartit dans le sens horizontal.

– Mais vous n'avez pas le droit !

Le deuxième homme voulut retaper un code, mais l'homme à la mallette le repoussa en lui flanquant un coup de pied. L'autre se plia en deux un instant mais, furieux, revint sur son agresseur en lui balançant un direct du droit, qui le projeta en arrière. Les lunettes de l'homme à la mallette tombèrent, ses bras moulinèrent dans le vide.

L'ascenseur, lui, continuait à monter et dépassa l'étage entré par le deuxième homme.

Quand il s'immobilisa, ses portes s'ouvrirent.

2

– Monsieur le président ! Président !

L'homme à la mallette se figea à la mention de ce grade ultime, insurpassable.

– Mais qu'est-ce que vous foutez, bordel ! Ça fait des plombes que j'essaie de descendre… Vous savez bien que mon ascenseur personnel est hors service, je l'ai fait signaler à tous mes employés. Et vous choisissez ce jour pour me faire poireauter. Vous croyez que j'ai que ça à foutre de vous voir jouer au yoyo ?

– Pardon, monsieur le président – l'homme à la mallette se rapprocha et adopta une pose tout obséquieuse.

Le président consulta son écran personnel et vit que le code secret réservé à une attaque atomique avait été composé.

– Qui a osé ? Vous vous foutez de ma gueule !

– C'est lui, monsieur le président !

L'homme à la mallette accusait le deuxième homme.

L'accusé se recroquevilla comme un chien qui sait qu'il a fait quelque chose de mal. À un signe du président, deux gardes du corps vinrent le saisir. Il se mit à hurler comme un enfant qui fait une crise.

– C'est pas moi !

On l'entendit crier, et puis les cris se firent plus lointains. Le président entra dans l'ascenseur et Trufrock lui fit un salut de la tête – il transpirait et ne savait quoi faire.

– Monsieur, répondit le président.

Le président sentit quelque chose craquer sous ses pieds.

– Qu'est-ce que c'est que ça ?

Le flagorneur s'empressa de se mettre à quatre pattes et de ramasser les morceaux de verre de ses lunettes – y compris ceux sous la chaussure de son cher président. Il voulut les lui offrir comme s'il s'était agi de diamants. Les morceaux de verre scintillaient, renvoyant la lumière du plafond qui entourait un miroir.

L'homme, tout heureux avec sa pacotille qui scintillait, déchanta vite quand le président lui assena un :

– Qu'est-ce que vous voulez que j'en foute !

– Bien sûr, pardon ! Pardon, Président !

Le flagorneur se fourra les diamants de verre dans les poches en en faisant tomber la moitié – qu'il se mit à ramasser de nouveau.

Le président tapa un code et les portes se fermèrent.

– Où allez-vous ? demanda le président à Trufrock.

– Au dernier étage.

– Vous voulez rire !

– C'est ce qu'on m'a dit…

– Le dernier étage, c'est moi ! Qui vous a dit ça ?

– Le réceptionniste en bas.

– Vous avez dû mal comprendre…

Trufrock ne répondit pas.

– Pourquoi étiez-vous convoqué ?

Trufrock avait du mal à ordonner ses pensées et à formuler clairement son discours. Il ignorait par qui il avait été convoqué.

– C'était pour le séminaire sur les langues imaginaires – la première chose qui lui passa par l'esprit.

– Qu'est-ce que c'est que ce délire ?

– Je suis attendu… et même en retard.

– En retard ? Je vois.

Trufrock se demanda ce qu'il voyait.

– C'est à quel… Ah, oui vous m'avez dit…

Le président fit machinalement son code qui devait le faire descendre à un étage souterrain.

Trufrock à l'approche du rez-de-chaussée se dit qu'il devrait peut-être ressortir. Mais l'ascenseur – bien respectueux des grades et prérogatives – dépassa le *ground zero* sans l'ombre d'une hésitation. Il stoppa à un étage souterrain. Les portes s'ouvrirent. Le président descendit en lançant un :

– Messieurs !

Le flagorneur lui répondit :

– Au revoir, monsieur le président ! Pardon !

Trufrock ne répondit rien.

– Et pardon encore…

– Nous verrons ça…

Ce qui n'eut pas l'air de rassurer l'employé.

À cet instant, le président fit volte-face et appuya sur un bouton qui maintenait les portes ouvertes.

– Tenez, rendez-vous utile ! Conduisez cet homme à bon port… Sans dérive, compris !

– Oui, monsieur le président.

Le président traça sa signature sur un écran tactile. Sur celui de l'ascenseur s'afficha un ***. Pas moyen de savoir si l'ascenseur allait monter ou descendre.

Les portes se refermèrent. Mais au lieu de sentir l'ascenseur monter ou descendre, Trufrock et l'homme à la mallette se retrouvèrent en apesanteur. Ce dernier avait lâché sa mallette, elle flottait à côté de lui.

Comme libéré, l'homme esquissa une brasse, gonflant les joues et ouvrant la bouche comme un gros poisson.

Les morceaux de verre sortirent de ses poches. Diamants en suspension.

Le temps de faire quelques brasses et une petite sonnerie retentit.

Ils tombèrent, s'écrasant sur le plancher de la cabine, sous une pluie de diamants.

– Putain ! J'me suis encore pété le nez !

Son nez saignait. Du sang coulait de son visage tailladé. Il reprit sa mallette.

Trufrock avait mal au cou. Les portes de l'ascenseur s'ouvrirent.

Trufrock eut le temps d'apercevoir une salle remplie d'ordinateurs géants. Quand les portes se refermèrent, l'homme changea de mine. Il s'essuya le front. Il suait à grosses gouttes. Il vit dans la glace le col de sa chemise qui dépassait de sa veste tachée de sang. Et comme si rien ne venait de se passer :

– L'autre con qui m'a taché. Bon, on est bon pour essayer tous les étages. C'est typique. On ne vous a rien précisé qu'une heure et cette adresse. En même temps, le « dernier étage » : vous auriez dû vous méfier. Dans les tours comme celle-là, c'est souvent le président qui est au sommet. On va tenter de sortir au rez-de-chaussée.

Trufrock chercha son téléphone pour y jeter un coup d'œil.

– Laissez tomber, on ne capte pas là-dedans. Volonté du président. L'ascenseur est blindé et résiste même aux attaques de roquettes. Il mène à un bunker antinucléaire. C'est pour ça, les codes. Y aura beaucoup d'appelés, et peu d'élus… Ce sera pas beau…

Il pianota sur le clavier.

– Et merde ! Y veut pas s'arrêter au rez-de-chaussée. Vous auriez pu essayer d'avoir plus de précisions…

Trufrock rétorqua que le réceptionniste avait été emmené par des agents de sécurité.

– Lui aussi ? Une crise d'épilepsie, c'est ça ? Ah, non, ça c'était le type d'avant. On les change tout le temps. On n'a même plus le temps de s'habituer, de retenir leur nom, que boum ! ils disparaissent.

Trufrock comprit que son retard était maintenant impardonnable – il savait que, quelle que fût l'affaire pour laquelle il avait été convié, il ne recevrait que réprimandes et sarcasmes.

Il n'écoutait plus l'homme à la mallette.

– 1er étage : salle de gym mixte.

Vraisemblablement, aucun séminaire ne s'y tenait.

– Bon, dommage. Allez, au 2e maintenant – et vous n'oublierez pas de remercier le président et de lui dire que je vous ai bien accompagné…

Un soupçon d'inquiétude passa sur son visage.

Les portes s'ouvrirent.

– Venez !

3

Ils sortirent de l'ascenseur. Trufrock se laissa conduire – des panneaux indiquaient différentes salles.

FRÉQUENCE D'ONDES
SALLE DE RÉGÉNÉRATION
SNOOKER
SAKRAMELATA
KOSKARITUDNA

– Pour être franc avec vous, je n'y suis jamais allé, au 2ᵉ. Là, j'y vais parce que le président nous l'a demandé. Je vous préviens : tout est filmé.

Ils franchirent un portique qui les déshabilla sur un écran. Il y eut un très léger bruit de soufflement.

– Ce que vous venez d'entendre, c'est la projection d'une puce, en fait, un petit drone ayant la forme d'une puce – encore une volonté du président –, qui se balade sur vous, mesure de nombreux paramètres, comme votre pulsation cardiaque, votre degré de nervosité, votre quantité de transpiration…

Pour transpirer, Trufrock transpirait : il était dans

un état d'angoisse avancé, il savait que tout était trop tard, qu'il avait raté le rendez-vous crucial – crucial pourquoi ? – pour lequel il avait été convoqué.

Ils parvinrent à une première salle où des hommes et des femmes pédalaient sur des vélos d'intérieur ultramodernes.

Un homme exténué, suant à grosses gouttes, appuya sur un bouton qui devait faire sortir de l'eau d'un tube – mais son quota d'eau était apparemment épuisé. Il fallait qu'il redouble ses efforts pour obtenir un nouveau réservoir. Il essaya de pédaler en danseuse, mais arriva à peine à se lever de sa selle.

D'autres semblaient plus en forme. Un athlète, torse nu, n'aurait pas détonné dans une ode pindarique – n'eût été son caleçon long jaune fluo, sur lequel on pouvait lire *Born to ride*. Lui avait droit à un shot de taurine.

Certains avaient le droit d'écouter de la musique.

Un individu – visiblement une espèce de coach – vint s'occuper d'une femme qui avait battu son record de production d'électricité en une heure. Il réapprovisionna sa réserve de stimulants – caféine, taurine…

La salle était remplie d'une cinquantaine de *riders*. Ils étaient tous musclés, la peau luisante, le visage et le corps dégoulinants de sueur.

Ô ton effrayante symétrie !

O thy fearful symmetry!

Les femmes portaient une tenue très décolletée, leur odeur incitait les mâles à sécréter de la testostérone. De même, elles étaient excitées par l'odeur des hommes.

Trufrock, pour sa part, ne sentit qu'une odeur de sueur mêlée à un parfum qui lui donna un haut-le-cœur.

– Cette salle produit de l'électricité pour nos dirigeants – c'est le quota obligatoire. Dans une autre salle, vous verrez qu'une grande partie de nos systèmes de toilettes est garantie par nos sportifs.

L'homme en difficulté appuya sur un bouton – il était rouge et manifestement en surrégime. Il arrêta de pédaler et tomba en avant. Une légère sonnerie évoquant un hall d'aéroport retentit, suivie d'une voix suave et chaude. Elle l'encourageait :

– Réveille-toi. Remplis-moi de ta sueur, remplis-moi de ton sang. Je suis la fée électricité.

Sa production de testostérone stimulée par la voix au timbre enivrant, un *rider* en difficulté pouvait ainsi reprendre son pédalage. On vit un léger frémissement d'une épaule. Une main s'ouvrant et se fermant. Mais rien n'y fit. La tête et le buste ne bougeaient plus. Deux hommes en blouse blanche vinrent chercher le malheureux – les autres n'y prêtaient même pas attention. Ils étaient dans leur bulle et devaient rester concentrés sur leur moyenne pour recevoir leur ration d'eau et d'*energy drink*.

Il fut évacué sur un brancard : les cheveux mouillés et les bras repliés auraient pu lui donner un air de gisant.

Trufrock les suivit dans une salle voisine. On tenta de le réanimer. Le personnel médical semblait faire beaucoup de mouvements inutiles. Sur le lit où il avait été déposé, le néo-mort reçut quelques décharges électriques – juste retour de sa contribution à la production d'électricité. Le corps se soulevait mais le cœur se refusait à redémarrer.

Trufrock vit sur un mur, non pas le serment d'Hippocrate, mais celui d'Harpocrate. Le grand helléniste qu'il était s'étonna de ne pas connaître ce philosophe. Il arriva à lire quelque chose comme : *le corps de l'homme ne lui appartient pas.* Son guide le fit sortir dans le couloir.

– Je sais ce que vous pensez, mais nous avons un quota d'hommes électriques pour remplir la part d'autoproduction énergétique. Tous ces sportifs sont sélectionnés. La liste d'attente est longue. Ils sont certains de toucher un salaire minimum et un bonus selon leurs performances. Et dans tous les cas, leur corps n'est pas gaspillé, on y prélève immédiatement tous les organes sains.

Quand Trufrock et son guide se tournèrent vers la salle de réanimation, on ne s'affairait plus.

Un drap blanc était posé sur le lit à roulettes en instance de départ. Les bras de l'homme n'étaient plus repliés mais pendaient de chaque côté, dépassant du linceul.

4

Trufrock suivit son guide. Il ne le reconnaissait pas. Il avait même l'impression que ce n'était plus le même homme.

Ils parvinrent à un escalier hélicoïdal. Ils descendirent longtemps – Trufrock se sentait vide et sans force.

Il y eut enfin un pilier. Trufrock s'y appuya.

L'homme ouvrit une porte :

– Par ici.

Des cris se firent entendre. Trufrock en eut le souffle coupé. C'était comme un alliage de cri humain et animal.

Ils étaient dans une salle circulaire avec des portes.

Son guide se tourna vers lui – c'était décidément un autre homme.

– Laquelle choisissez-vous ? demanda-t-il à Trufrock en désignant les six portes. C'est à vous de l'ouvrir.

Trufrock s'avança vers l'une d'elles. Il mit sa main sur la poignée – elle était molle comme une méduse. Elle sembla réagir et prit la forme d'une main qui serra celle de Trufrock, lequel sentit cette main molle serrant la sienne, quelque chose comme un petit courant électrique lui traversa le corps. La poignée molle en forme de main s'illumina de l'intérieur.

Une fois la lumière évanouie, la main desserra son étreinte. Trufrock se sentit mieux. La porte s'ouvrit d'elle-même. Sans attendre son guide, il franchit le seuil. À l'intérieur, il vit des cages de verre dans lesquelles étaient enfermées des créatures. L'air était chaud et humide.

Un homme en blouse blanche ne s'étonna pas de le voir là.

– Vous arrivez pile à l'heure pour le déjeuner. Suivez-moi.

Trufrock, derrière les vitres, aperçut des animaux qu'il n'avait jamais vus auparavant. Il vit un fauve avec une tête de femme qui criait.

– Elle est en chaleur. Malheureusement, son partenaire est mort il y a quelques jours.

La femme-panthère cria de nouveau. Le cri – littéralement inouï – ébranla Trufrock.

– Je vais tenter un accouplement avec un homme-jaguar – histoire de la calmer un peu. Mais si le cœur vous en dit, vous pouvez vous dévouer. Après, je ne suis pas sûr que vous puissiez vous en sortir indemne – une jambe ou un bras perdu peut-être. Ou peut-être sera-t-elle reconnaissante et vous épargnera-t-elle. Ça s'est déjà vu. Pline en parle. Des animaux reconnaissants envers les humains… Nous reviendrons, mais d'abord, je vais vous présenter l'une de mes plus grandes réussites.

Les cages en verre s'étendaient loin en profondeur. Elles étaient vides ou bien leurs occupants se cachaient.

De nombreux arbres apparemment pleins de vie masquaient le fond des cages.

Le professeur se retourna et vit que Trufrock en scrutait une.

– C'est le petit royaume de Bilba, ma femme-chimpanzé. Elle est fascinante mais n'aime pas trop qu'on la regarde. Elle n'a confiance qu'en moi. Nous avons recréé pour elle tout un pan de forêt tropicale. Vous ne pouvez imaginer à quel point ces parcelles sont étendues. Si je vous en disais la superficie, vous ne me croiriez pas.

Tout en parlant, le professeur le conduisit sur une passerelle.

Trufrock, contemplant l'étendue d'eau, se sentit comme apaisé.

– Tenez-vous bien, vous risquez d'être secoué.

Trufrock vit des algues qui se mouvaient et puis une grande queue de dauphin.

– C'est Ophelia ! dit le professeur en désignant la femme-dauphin. Ce n'est pas tout à fait la petite sirène d'Andersen…

La belle créature sortit la tête de l'eau. Ses cheveux lui faisaient comme une traîne.

– N'est-elle pas magnifique ? Elle a les cheveux de Mélisande. C'est une commande de notre président. Une belle réussite en matière de croisement. Ce n'est ni la Sirène antique ni la *mermaid* des Anglo-Saxons.

La femme-dauphin s'accrocha à un rocher.

Qui est là ?

Le professeur lui répondit en chantant :

Moi, moi et moi !...

– Pardonnez-moi, il faut que je lui réponde quand elle chante, sinon elle fait la grève de la faim. Oui, le seul problème, c'est qu'elle ne sait que chanter – elle ne peut pas juste parler.

Il s'arrêta un instant, avant de reprendre :

– Elle connaît par cœur le rôle de Mélisande. Et pour la stimuler – car elle se laissait dépérir –, j'ai dû apprendre le rôle de Golaud et celui de Pelléas.

Tout en regardant Trufrock avec ses grands yeux bleus, elle chanta :

Ne me touchez pas ! Ne me touchez pas !
Ou je me jette à l'eau...

Et d'un coup de queue majestueux, elle mit sa menace à exécution.

Le professeur, baryton magnifique, entonna :

Non, je ne vous toucherai pas
Voyez, je resterai ici contre l'arbre...

La belle Ophelia-Mélisande réapparut.

– À la fin, pris de compassion, et ne pouvant tenir le rôle de Golaud-Pelléas tous les jours, je lui ai créé un compagnon : un homme-dauphin. Mais c'est un flop ! Un flop total ! Il est timide et ne chante que quand Ophelia-Mélisande essaye de le noyer. Elle lui maintient la tête sous l'eau et il peut tenir très longtemps comme ça. Il chante uniquement quand elle le griffe et le mord. Là, il est comme stimulé et chante pendant des heures. J'ai dû créer un homme-dauphin masochiste et maniaco-dépressif. J'ai reçu une commande d'un chef d'État très important, dont je ne puis révéler le nom, qui voudrait tout *Pelléas et Mélisande* en opéra aquatique. J'ai encore plusieurs rôles à créer. Je mettrai l'orchestre dans la grotte que vous voyez là-bas. Vous voyez les stalactites ? Eh bien, ce pourraient être des instruments en plus.

Trufrock scruta la grotte avec ses stalactites.

– Mais je n'ai pas envie que ça devienne une attraction à la Disneyworld. C'est de l'art, bordel !

Trufrock admirait la beauté de la sirène.

Voguait cygne mourant sirène

– Parfois, j'ai l'impression qu'il veut se laisser mourir. Elle le sent aussi. Je l'ai vue plusieurs fois le forcer à remonter. C'est étrange… C'est comme-ci, quand il voulait se noyer, un instinct la poussait à le sauver. C'est sûrement génétique. La première fois qu'elle l'a sauvé, il s'était échoué sur ce rivage. Elle lui pressait le torse pour expulser l'eau et lui faisait du bouche-à-bouche. Et maintenant, si vous voulez bien me suivre.

Trufrock ne pouvait détacher ses yeux de la belle sirène. Elle avait un regard qui enamoure. Regard d'une fille de feu.

Pourquoi me regardez-vous ainsi ?

Et le baryton lui répondit – à la place de Trufrock :

Je regarde vos yeux...
Vous ne fermez jamais les yeux ?

Ce à quoi la soprano-sirène répondit :

Si, si, je les ferme la nuit...

Elle semblait l'inviter à revenir à l'eau.

– Haha ! Le retour à la matrice... Faites attention, Trufrock ! Elle en a perdu plus d'un. Attendez au moins que je finisse la visite. Des hommes ont plongé de cette passerelle. Elle les emmène au fond. Vous auriez sans doute bien du plaisir, si vous ne mouriez pas en tombant, elle vous mordrait allègrement le cou, vous lui embrasseriez les seins et, à la fin, elle vous emmènerait vers le fond.

Trufrock se sentait terriblement attiré. La sirène qui le regardait était belle à en mourir.

Ô belle Lorelei je brûle dans tes flammes

Le professeur le prit par l'épaule, l'attira vers lui et lui dit comme à un enfant :

– Allez, venez maintenant.

Mais Ophelia-Mélisande se remit à chanter :

Où allez-vous ?

Le professeur s'arrêta et répondit :

Je ne sais pas...
Je crois que je me suis perdu moi-même...

La sirène, voyant le visiteur et le professeur repartir, se tourna sur le dos, les deux bras tendus en avant, les seins affleurant à la surface de l'eau, et elle se propulsa à l'aide de sa queue.

Orchidée vénéneuse. Ophelia-Mélisande.

– Le président a une loge tout là-haut, là-bas. Il aime parfois venir la regarder nager et faire des figures de natation synchronisée. Il a une vue en plongée. Elle doit à peine le voir. Mais lui reste là, à une hauteur olympienne.

5

Après avoir quitté le professeur, Trufrock, à bout de forces, s'appuya contre un mur du couloir. Celui-ci sembla se réchauffer à son contact et se ramollir, de sorte que Trufrock finit par pénétrer dedans. Il se sentit comme enveloppé de latex. Il ferma les yeux.

L'épaisseur du mur mou devait être grande car Trufrock mit un certain temps à le traverser. Il s'y sentait bien, il avait l'impression d'être dans un état intermédiaire de la matière, entre le solide et le liquide.

Quand il ressortit du mur, un homme lui fit signe de ne pas faire de bruit.

Assis par terre, autour d'un cercle tracé à la craie, des hommes et des femmes lisaient chacun une page d'un livre qu'ils se passaient à tour de rôle dans le sens inverse des aiguilles d'une montre. Les pages lues étaient toujours courtes. Elles étaient dans une langue que Trufrock n'avait jamais entendue auparavant.

Les lecteurs lisaient ces pages – probablement sans eux-mêmes les comprendre.

– *Ekuant Eluth Thor.*
– *Simrella basit satia.*
– *Mestera avolu Kento.*
– *Simcarolsim vanegara.*
– *Chenagassa volit umre.*
– *Kadosha melorit ragazana.*
– *Kosata… Kosa… Kos…*

Le lecteur qui venait de lire cette page s'effondra.

Deux hommes sortis de l'ombre – que Trufrock n'avait pas remarqués – vinrent soulever l'infortuné lecteur en le prenant sous les aisselles.

L'homme qui avait demandé à Trufrock de ne pas faire de bruit enfila des gants blancs et alla ramasser le livre. Ceux qui étaient restés assis ne bougeaient pas. L'homme aux gants traça un cercle plus petit à l'intérieur du premier. Puis il en sortit par l'endroit où manquait un lecteur. D'un claquement de doigts – qui faisait sens apparemment pour les survivants –, il leur enjoignit de s'asseoir autour du plus petit cercle. Quant à lui, il rangea le livre derrière une vitre où un thermomètre indiquait une basse température et se saisit d'un autre livre qu'il apporta au lecteur immédiatement à droite de celui qui n'était plus là. Ce livre-là paraissait moins épais mais avait la taille d'un *in-quarto*. Tous avaient les yeux posés sur l'homme aux gants. Ils semblaient attendre un signe de sa part – comme s'il devait lancer l'exécution d'un morceau de musique.

Trufrock, les jambes flageolantes, voulut s'asseoir quelque part. Il y avait derrière lui un parterre de sièges dont les derniers rangs se perdaient dans l'obscurité. Au plafond, un œil rouge scintillait. Trufrock avait toujours du mal à se tenir debout – ressentant comme des palpitations dans la tête. Il finit par faire reposer sa carcasse sur une chaise.

Alors l'homme aux gants fit signe aux lecteurs de commencer.

Trufrock ne fut pas peu surpris quand il entendit une *nursery rhyme* qu'il avait apprise enfant. *A Welsh on a bench.*

A Welsh musician
Sat on a bench
But couldn't do anything
But belch.
For not long ago
He had drunken to death.

Then suddenly sat
On his chippy shoulder
A croaking carousing crow!

The crow with his claws
Was scrawling was scrawling
Soon tiny benchmarks
Appeared here and there.

The crow was crying
About the demise
Of his very old friend
Kirill the scarecrow.

He was my best friend!
So faithful a friend!
Always listening
To my crowing complaints
But : alas!

Men are but straw!

One day he went mad.
He had fallen in love
With a bright little star
Who was twinkling twinkling
Put fire to his heart!
And ashes to ashes!
Fare thee well my scarecrow!

The Welsh musician
Suddenly ceased to belch
And with tears in his eyes
He lay on the bench
And dreamt and dreamt
That he was in love again!

The crow flew away
And with tears in his eyes
And with scars in his heart
He flew he flew
And dreamt and dreamt
Of finding a new scarecrow!

Ce fut une lectrice qui tomba. Cette fois, les deux hommes sortirent de l'ombre avec un brancard à roulettes. Lorsqu'ils la soulevèrent, Trufrock aperçut du sang couler de ses cheveux blonds.

Sur le brancard, il vit une publicité d'un sponsor : *Harpax finance Inc.*

Derrière lui, il entendit des *crunch ! crunch !* Il reconnut à la fois le bruit de chips et celui de carottes qu'on croque. Il se retourna. Il n'arrivait pas bien à discerner les derniers rangs, il avait pourtant l'impression que deux personnes mangeaient des chips.

Quand le brancard transportant la lectrice éliminée par le livre disparut, et que l'homme aux gants revint au centre du cercle pour en tracer un plus petit, les *crunch* cessèrent subitement. Trufrock observa les lecteurs, ils paraissaient calmes pour la plupart – sauf un qui semblait avoir des tics à l'œil et à la bouche.

L'homme leur fit le signe, ils s'avancèrent et prirent place autour du nouveau cercle.

Le premier lecteur qui était à droite de la lectrice disparue entama la lecture, et Trufrock put entendre :

Dans ma maison sous terre
O my way O my way
Tel tel ouistiti : one two three

Trufrock discerna la panique sur le visage du lecteur, et une légère hésitation. Il tourna la page, passa le livre à son voisin qui n'avait pas l'air non plus des plus sereins : c'était l'homme aux tics. Il ne put réprimer une grimace, les yeux clos, la bouche ouverte. Il ne pouvait plus contenir ses tics, mais il parvint à lire en anglais 4, 5, 6, 7. Il eut le plus grand mal à tourner la page et il tendit le livre en tremblant, sa tête tournant sur elle-même dans un accompagnement de grimaces.

Son voisin parut surpris d'avoir à reprendre en chantant – toujours en anglais – 1, 2, 3, 4, 5, 6, 7 (*bis*) et comme s'il espérait se prémunir du poison, il passa précipitamment le livre à son voisin qui tourna la page et lut 1, 2, 3, 4, 5, 6, 7 et tomba en avant. Au même moment, l'homme aux tics, dont la crise n'avait pas cessé, chuta lui aussi à l'intérieur du cercle.

Les brancardiers arrivèrent vite, ils portèrent d'abord secours au lecteur au masque de grimaces et l'un d'eux fit un signe à l'homme aux gants qui signifiait que c'était fini. Il était vraisemblablement mort de peur.

La séance fut arrêtée et les lecteurs survivants eurent la joie d'entendre qu'ils allaient se partager la cagnotte et que, bien sûr, ils étaient qualifiés pour le *Next Round Reading*.

Le brancard emportant l'homme-tic-toqué regagna avec célérité les coulisses, pendant que celui qui, comme caparaçonné, portait les armes d'un grand fabricant informatique, restait bien en vue de la caméra.

De gueules au veau d'or.

Il finit par emporter le lecteur défunt.

6

Après avoir erré dans un long couloir, Trufrock s'arrêta devant l'entrée d'une salle dont l'immense baie vitrée permettait de voir l'intérieur en marbre.

L'inscription à côté de l'entrée l'attira.

Département : Pétrographie.

Un nouvel homme en blouse blanche l'accueillit :

– Trufrock... Truf... rock... *What's in the name?* Nous étudions ici les paroles fixées dans les veines des pierres. Ou plus exactement, nous libérons les paroles prisonnières dans les veines des pierres. Vous imaginez entendre les dernières paroles du Christ : « *Eli, Eli, lama sabachthani* » ? Y en a qui se damneraient pour les entendre. « Mon Dieu, mon Dieu, pourquoi m'as-tu abandonné ? » Tout le sort de l'homme, sa solitude, son abandon est dit dans ces paroles figées dans la pierre. Une pierre qui dit aux hommes : Vous êtes tous frères ! Mais vous avez tous été abandonnés par votre père. Vous mourrez toujours seuls.

Un silence s'ensuivit.

– D'un autre côté, d'un point de vue théologique : si l'on se réfère au jeu de mots divin : « Tu es Pierre, et sur cette pierre, je bâtirai mon Église », certains l'interpréteront comme la clé du message christique. C'est dans les pierres que se trouve la Révélation.

Il s'enflamma :

– Et d'ailleurs ! Et d'ailleurs ! Un tas d'autres paroles du Christ ont été pétrifiées. Peut-être a-t-il tenu d'autres propos qui n'ont pas été rapportés et qui auraient pu changer la face du monde… D'autres cultes auraient pu s'en réclamer. Et Jean ne dit-il pas : *Si l'on devait rapporter tous les gestes du Christ, il faudrait une quantité de livres incroyable* ? Ce sera plus difficile de retrouver des pierres à Cana près du Jourdain, mais sait-on jamais ? En plus, il faudra démêler toutes les voix enchevêtrées. Mais justement, une fois qu'on aura déchiffré, qu'on aura ressuscité la voix du Christ – et j'ai des frissons rien qu'à l'idée d'entendre son timbre – à partir de pierres du Golgotha, on pourra l'isoler rapidement dans l'écheveau de paroles prononcées depuis que l'homme parle… Si au moins, la pierre pouvait elle-même faire une part du tri dans ces paroles. Une nouvelle carrière s'ouvre à l'herméneutique des pierres, à la pétrologie métaphysique. Et si le marbre était mélomane… On pourra bientôt, j'en suis sûr, sauver la musique ancienne. Ha ! Ha ! Trufrock ! Entendre Bach jouant Bach en déchiffrant, en analysant les veines des pierres de l'église Saint-Thomas de Leipzig. Des confrères mythologues rêveraient même d'entendre Orphée chantant aux rochers de Thrace. Eh, oui, Trufrock !

La matière laisse toujours une trace de son passage. Il suffit juste d'avoir de l'imagination et de la patience, et, bien sûr, la bonne technologie.

Il sembla tanguer quelque peu.

– Excusez-moi. J'en ai la tête qui tourne.

Il but un café d'un trait.

– Je vois déjà l'engouement que ça créera : certains voudront entendre Shakespeare parler – qu'ont entendu les murs de sa maison à Stratford ? Il y aura des surprises : il est vraisemblable qu'il parlait avec l'accent d'un pirate échoué dans le Warwickshire… Et pour les historiens, entendre les paroles de grands hommes… Mais c'est l'Histoire qu'il faudra réécrire… Combien d'interprétations seront démenties, et combien de nouvelles seront adoptées ? Et les *ultima verba*. Il suffira d'analyser les pierres des maisons où de grands hommes sont morts. On prouvera – autre point théologique primordial – que le rire christique n'est pas une chimère. Le Christ a ri aux noces de Cana, j'en suis convaincu. Sinon, pourquoi Dieu aurait-il créé le rire – qui pour certains est le propre de l'homme ? Et si son fils s'est fait homme, pourquoi n'aurait-il pas ri ? Sinon autant le faire naître sans langue ou sans bras. Le Christ s'est fait homme, *ergo* il a ri !

Il s'enthousiasma.

– Vous imaginez un repas où l'eau est changée en vin – et donc coule à flots – et où l'on ne rit pas. Un repas sans ce qui consacre la beauté du partage de la boisson et de la nourriture. Ils sont donc tous un peu éméchés et ils ne rient pas. Ridicule ! Et j'irai même plus loin : si ça se trouve, le Christ se moquait gentiment de ses disciples et notamment de Jean, son disciple préféré – car qui aime bien, châtie bien –, et peut-être pratiquait-il l'autodérision.

Il ferma les yeux, toujours transporté.

– Et pourquoi quand il dit lors de la Cène : « l'un de vous me trahira », n'aurait-il pas fait de l'humour noir ? Puisqu'il sait que Judas sait qu'il sait – et peut-être même sont-ils complices... Peut-être le Christ lui fait-il un clin d'œil. Et j'en reviens à Jean : pourquoi n'a-t-il pas écrit un évangile plus long puisqu'il dit qu'il n'y aurait pas trop de tous les livres pour contenir tous les actes du Christ ? Mais c'est peut-être que le Christ avait l'habitude de rire de lui et des hommes en général et de leur orgueil.

Il se versa du vin dans un verre en cristal.

– La seule fois où il n'a pas eu envie de rire, c'est quand il chasse les marchands du Temple. Là, il fouette, il donne pleine expression à la colère de Dieu ! Les marchands et le veau d'or : émanation de Mammon !

En s'emportant, il fit tomber son verre de vin.

Mon verre s'est brisé comme un éclat de rire

– Bon, c'est bien beau, la théologie, mais je manque à tous mes devoirs d'homme civilisé : vous prendrez bien un verre de Château Monluc 1988.

Sans attendre la réponse de Trufrock – lequel ne buvait plus depuis fort longtemps –, il prit deux verres à pied qu'il remplit au même niveau.

– *Bonum uinum laetificat cor hominis*. À la santé du

rire divin… et humain ! Vous remarquerez que je n'ai pas poussé le symbolisme jusqu'à vous faire boire les larmes du Christ. Vous savez qu'en Géorgie, la croix de la sainte patronne du pays, sainte Nino, est un sarment de vigne attaché par ses cheveux. Le vin et le sacré ! Les Géorgiens ont tout compris ! *La vérité est dans le vin !* Une légende raconte que lorsque Dieu les interrogea sur la raison de leur retard au partage du monde – et riant *in petto* car il connaissait la réponse, connaissant tout ce qui a été, ce qui est et ce qui adviendra –, ils lui répondirent : qu'ils « buvaient et chantaient à sa gloire » ! Du coup, Dieu leur donna la terre qu'il s'était réservée et ce fut la Colchide. Bon, c'est un peu mégalo mais c'est beau ! Allez, Trufrock, buvez-moi ça. Et faites un toast !

Et Trufrock le toast-master leva son verre à la santé des pierres.

7

Trufrock avançait dans une galerie d'art dont les murs étaient recouverts de tableaux de maîtres. Il en reconnaissait les styles mais les œuvres lui étaient inconnues. Une scène de bataille d'Uccello qu'il n'avait jamais vue auparavant, une Crucifixion inconnue d'El Greco, un autoportrait à la plume de paon d'Egon Schiele. La galerie s'étendait à perte de vue. Les pas de Trufrock sur le sol de marbre noir et blanc résonnaient. Lui qui passait normalement des heures à contempler des tableaux jetait un œil sans s'arrêter. Il aurait voulu pouvoir se remplir de ces chefs-d'œuvre, mais ses jambes se refusaient à cesser de marcher. Son rêve d'être seul dans un musée se réalisait sans qu'il pût en tirer profit.

Il parvint au fond d'une salle et aperçut sur la droite un groupe de statues. Il se dirigea en sa direction. Il y avait Aphrodite et Adonis, et l'Apollon citharède. Il s'assit entre le corps d'Adonis et la tête d'Aphrodite. Tel qu'il était assis, on avait l'impression qu'Aphrodite – la bouche, les lèvres en avant – l'embrassait. Il sentait le marbre froid dans son dos et sous ses fesses. La tête appuyée sur les lèvres d'Aphrodite, il ferma les yeux.

Il vit une Adoration – les Rois mages dans des couleurs très vives – et une Crucifixion. A priori, il n'y avait pas de cohérence chronologique. Face au Christ naissant et au Christ agonisant, l'Amour marmoréen – plus fort que la mort.

Le marbre – froid au départ – était de moins en moins froid. Trufrock sentit une chaleur monter dans sa poitrine. Le marbre semblait de moins en moins dur. La chaleur se diffusait dans toute sa poitrine. Elle s'amplifiait. Il voulait crier mais il n'arrivait à émettre aucun son. Il se voyait allongé, ne pouvant rien faire, immobile, avec l'impression que son cœur allait lâcher. Au moment où il pensait que tout allait exploser, il ouvrit les paupières. Il sentit une douleur à la tempe gauche. Il avait sur la tempe l'empreinte de deux lèvres. En fait, cela ressemblait plus à un suçon. Perclus de douleur, le dos en compote, il se releva du mieux qu'il put.

Face à lui : la Crucifixion à la manière d'El Greco qu'il n'avait jamais vue. Ses couleurs étaient éclatantes. Le violet de la toge le subjugua. Il s'approcha du tableau. Une minuscule zone floue à l'arrière-plan attira son regard. Il sortit de sa poche une petite loupe en forme de ziggurat qu'il ajusta sur l'œil droit. Il l'approcha de la zone floue, derrière les crucifiés.

Il eut à peine le temps d'apercevoir comme un scintillement que le sol trembla sous ses pieds et que le plafond lui tomba sur la tête.

Il se retrouva coincé entre des morceaux de marbre.

La tête d'Aphrodite lui faisait face. Il tenait dans la main gauche une jambe – plus exactement un jambon d'Apollon. Il ne pouvait plus bouger…

Et puis tout disparut d'un clic.

– Haha ! Bienvenue, monsieur Trufrock ! Vous y avez cru, n'est-ce pas ? Vos sens vous ont trompé.

Un énième homme en blouse blanche lui sourit – il ressemblait comme deux gouttes d'eau au professeur de la salle d'Ophelia-Mélisande, mais sa voix était très différente.

– Vous avez goûté à la puissance de l'Art.

Il regarda autour de lui.

– Vous avez sûrement été troublé par ces tableaux. C'est normal. Ce sont les tableaux qu'auraient pu peindre les plus grands peintres de l'histoire. Nous avons mis au point un robot dont le bras et la main sont d'une précision chirurgicale. Selon le peintre dont il connaît toute la palette, il réalise un tableau que le maître n'a pu peindre de son vivant. Pour l'humanité, c'est un enrichissement inouï. Et tout ça grâce à des algorithmes. C'est une revanche pour un peintre comme Egon Schiele qui est mort trop tôt – comme vous le savez – de la grippe espagnole. Un robot Van Gogh créera des chefs-d'œuvre que son modèle humain n'a pas eu le temps de peindre. En fait, la technologie nous permet d'arracher quelques territoires à la mort. Vous imaginez, Trufrock ? Avoir des Van Eyck, des Greco, des Bosch jusqu'à la fin des temps… On viendra du monde entier pour admirer les nouveaux chefs-d'œuvre de Picasso, Matisse, Degas, Modigliani… On pourra créer des œuvres vivantes – si vivantes qu'elles permettront au visiteur de se sentir immergé, de faire partie du tableau. Franchir le cadre et entrer soi-même dans le tableau – comme vous en avez fait l'expérience en avant-première. Être le quatorzième au dernier souper, ça vous dirait ? Voir l'eau sortir du corps du Christ sur le Golgotha.

Il regarda Trufrock en souriant.

– Sentir la terre trembler à son dernier soupir ? Être derrière l'homme romantique de Caspar David Friedrich contemplant la mer de nuages – le pousser peut-être ?

Il commença à s'animer.

– Vous étendre à côté de la Grande Odalisque. Jouer aux dés avec Sardanapale, ses courtisanes se suicidant tout en vous baisant. Avec cette technologie, on pourra vivre, assister à une pièce de Shakespeare comme elle a pu être jouée. Vous vous imaginez à la première de *Macbeth* :

« Quand nous trouver réunies ?/ Par tonnerre, éclairs, ou pluie ? »

When shall we three meet again
In thunder, lightning or in rain?

Et la première fois qu'a été entendu :

« C'est un récit conté par un idiot,/ Plein de bruit et de fureur,/ Et qui ne signifie rien »

It is a tale told by an idiot,
Full of sound and fury,
Signifying nothing.

On pourrait créer un nouvel espace où les statues s'animeraient. Elles seraient libérées de leurs socles, vous embrasseraient à bouche folle. L'avenir rendra la mythologie vivante. Pendant que certains seront dans l'espace, s'entretueront pour un quartier de lune, ou se feront voir sur Mars, d'autres se retrouveront avec le Minotaure, assistant aux exploits de Thésée. La réalité dépassée, surmontée par le mythe. L'Art servira de patron, de modèle, à la réalité transcendée. Ces cons de touristes pourront faire des selfies au dernier souper ! La réalité transformée ! La réalité transcendée ! La réalité *trufrockée* !

Le professeur était au sommet de son lyrisme.

– Voir la mouche qui emmerde Montaigne – et l'éclater dans ses mains.

Il se calma un peu.

– Bien sûr, il faudra améliorer quelques paramètres. On a commencé avec un singe qui a eu une crise cardiaque. Il a été atteint de symptômes schizophréniques. C'est que la réalité lui paraissait bien moins intéressante, bien moins riche que celle où on l'avait envoyé.

Il s'interrompit.

– Imaginez, Trufrock…

Trufrock ferma les yeux. Il sentit peu à peu le marbre froid se réchauffer de nouveau à son contact. Une odeur d'aromates lui parvint aux narines. Et toujours ce marbre qui s'amollissait. Il reconnaissait différentes odeurs : de l'encens, de la myrrhe. Les lèvres d'Aphrodite devenaient non seulement molles mais humides. Il se sentait bien, un désir charnel montait en lui. Trufrock ithyphallique. Il ne faisait plus qu'un avec la statue. Mais son corps continuait à se réchauffer – trop. Il sentit une intense chaleur dans la poitrine. Son cœur battait très vite. Il eut envie de crier mais il ne put émettre le moindre son. Il voyait son corps comme s'il l'avait déjà quitté.

Au moment où il crut que son cœur allait lâcher, il rouvrit les yeux. Il avait mal dans tout le corps – particulièrement au dos et au cou.

8

Dans la nouvelle salle où se trouvait Trufrock, il y avait un piano. Un pianiste très élégant était assis sur un tabouret. Il portait un masque anti-pollution. Il commença à jouer les *Variations Diabelli* de Beethoven. Il s'interrompit soudainement, se leva et salua le jury – il n'y eut aucun applaudissement.

Le jury composé de trois membres délibéra à voix basse. Et puis se tut.

Le pianiste attendait. Trufrock ne voyait que son profil au masque.

Un mécanisme fut actionné. Le pianiste se retrouva immobilisé par deux sangles qui l'empêchaient de se lever.

Trois hommes surgirent derrière lui : l'un, filiforme, dont le visage paraissait familier à Trufrock, tenait un tranchoir ; les deux autres, très costauds, des cordelettes. Ils lui ligotèrent les bras. Le pianiste se raidit, son visage devint rouge et convulsionné. L'un des deux colosses lui prit la main gauche et la plaqua sur le clavier. Puis, d'un coup de hachoir, le bourreau lui trancha un doigt.

Le pianiste semblait crier mais aucun son ne sortait de sa bouche.

Du sang coulait sur le clavier.

Le bourreau lui coupa le petit doigt de l'autre main.

Les deux colosses lui léchèrent les mains et le pianiste plaqua de douloureux accords.

Comme électrisées, ses mains se baladaient, elles semblaient crier à sa place. Frénétiques, elles couraient sur le clavier. Des sonorités inouïes jaillissaient, tandis que du sang coulait sur les touches. Dissonances de la douleur.

– Vous n'entendrez jamais de telles sonorités et une telle vérité dans la douleur.

Une voix parvenue de nulle part avait parlé.

Puis il y eut un silence. Le pianiste, la tête penchée et les yeux fermés, avait perdu connaissance. Le jury applaudit.

Apparemment, le jury voulait un *bis* !

Un flacon sous les narines, une petite claque, et le pianiste reprit connaissance. Juste pour voir ses mains une fois encore plaquées sur le clavier et *slash ! slash !* deux doigts tranchés.

Nouvelles dissonances – sons et sang mêlés –, comme si c'était le piano qu'on torturait.

Prises de convulsions, les mains reprirent leur course démente sur les touches. Et le pianiste s'évanouit de nouveau.

Mais, cette fois, un doigt de la main droite était bloqué sur une touche. Et la même note résonnait dans la salle – comme une goutte d'eau qui s'étire mais ne tombe jamais.

9

– Monsieur Trufrock, bienvenue dans notre département d'histoire parallèle. Ce que mon collègue vous a montré sur notre capacité à nous immerger dans une œuvre d'art, nous l'avons adapté à l'art de la guerre. Vous arrivez juste à temps pour observer le sergent Nilson, transporté dans les tranchées de la bataille de la Somme en 1916. Un très bon cru. Un grand millésime même.

Un homme était allongé avec des électrodes sur le corps et un casque qui lui recouvrait la tête. On le voyait bouger les bras : il ne cessait de tirer sur les fils – pantin désarticulé.

– Le sergent Nilson est un excellent élément. Il va contribuer à faire de ce programme un succès mondial.

Le sergent Nilson sursautait comme s'il était sur une chaise électrique.

– Ah, ce n'est rien ! Il a dû connaître quelque chose de fâcheux.

Le sergent Nilson continuait à sursauter. De la bave lui sortait de la bouche.

– Ce n'est rien ! Ce sont les réactions des nerfs. Il doit se trouver au plus fort de la bataille. Il est en pleine contre-offensive pour reprendre une tranchée que les Britanniques et les Allemands se disputent à peu près tous les jours depuis des mois.

Nilson moulinait des bras. Il avait réussi à arracher un fil. À cause de son agitation, un autre fil cassa.

Le professeur s'approcha du cobaye pour rebrancher les deux électrodes.

Mais Nilson sursauta comme s'il avait reçu une nouvelle décharge.

– Ce n'est rien, vraiment ! Il a dû passer par un épisode émotionnel intense. Mais il est entraîné pour ça. C'est un pro.

Nilson le pro se tortillait dans tous les sens, les électrodes se débranchaient une à une. De la bave continuait à lui sortir de la bouche.

Le professeur lui ôta son casque.

– Sergent Nilson, vous m'entendez ? Sergent Nilson ?

Il lui mit une petite claque

– Sergent Nilson, répondez !

Nilson tirait sur tous les fils, lesquels cédaient les uns après les autres.

– Mais il va tout casser, ce con !

Le professeur appuya sur un bouton et fut violemment projeté en arrière, ce qui le fit choir sur une petite table à roulettes où divers instruments de mesure étaient encore intacts avant l'impact. Sa chute fut donc accompagnée d'un fracas concomitant qui signifiait que les instruments de mesure du monde virtuel s'étaient heurtés à la rugosité du réel.

Il se releva tant bien que mal – Trufrock se sentit peu enclin à l'aider.

De l'écume coulait de la bouche de Nilson, du sang coulait du nez du professeur. Les deux signifiant par fluides interposés : douleur et délire.

Nilson articulait des mots incompréhensibles ayant plus à voir avec des syllabes druidiques.

– Ce n'est rien ! affirma une énième fois le professeur tout en se tamponnant le nez. Les risques du métier. Ça prouve bien, en tout cas, la puissance de mon programme…

10

Sans aucune transition, Trufrock se trouva face à un autre professeur en blouse blanche.

– L'homme sans merde est l'avenir de l'homme ! Un homme qui ne se chiera plus dessus dans la honte. Dans sa posture « analogique et symbolique », l'homme-animal s'est soumis à la nature. Quand le poème humain – car l'homme est un poème ! – cède la place à la coprologie, c'est la poésie génique – poésie génétique – « qui l'investit d'une surréalité »...

On ne pouvait plus l'arrêter.

– EDEN ADN ! EDEN ADN ! EDENADEN ! EDENADEN ! DNA IS EDEN ! Peut-être même qu'une partie de l'humanité n'aura plus d'anus ! L'homme débarrassé de sa bassesse et de son fondement ! L'homme sauvé de son propre empoisonnement. L'homme purifié de l'intérieur, le Cathare des entrailles.

Le professeur se tut un instant.

– L'homme vraiment pur, l'homme libéré de lui-même. Car, quoi ? La merde et la pisse, c'est la souillure de l'homme. Pour briser cette malédiction, il faut sortir, s'affranchir de la merde. L'homme redeviendra un être pur et sexuel, la sexualité redeviendra sacrée. Les blancs ruisseaux de Chanaan sortis du sexe de l'homme ne seront plus souillés par l'urine féminine en pénétrant l'ogive divine de la femme.

Il marqua une pause, et déclama :

– Vagin ogive divine ! Il est temps que l'homme redevienne un dieu ! EDENADEN ! EDENADEN !

Puis, tempérant son exaltation, le professeur mena Trufrock dans une autre pièce. Il ouvrit une porte. Trufrock aperçut un escalier en forme d'ADN. Ils le descendirent. Une petite musique électro leur parvenait des murs.

– Vous savez quoi ? Je vais vous faire visiter notre *adyton*, notre *no-go area*. Son accès est normalement réservé aux invités d'honneur du président, mais je me sens téméraire.

L'humeur du professeur s'était comme modifiée d'elle-même.

Une fois descendu l'escalier, les deux hommes furent accueillis par un autre homme en blouse blanche.

– Monsieur Trufrock, bienvenue dans notre laboratoire.

Comment connaissait-il son nom ?

Une pléiade d'ordinateurs, de machines et de tuyaux remplissait la salle.

– Si vous voulez bien me suivre.

Ils marchèrent sur un plancher en verre.

Un ruisseau noirâtre s'écoulait au-dessous d'eux.

Trufrock ressentit comme une envie de vomir.

– Vous contemplez ici l'une des plus grandes réussites de l'histoire humaine. De la merde sans odeur !

L'homme en blouse blanche s'exalta.

– Pensez-y bien, messieurs, qu'y a-t-il de plus grand que la merde sans odeur ? Cette bassesse humaine qui renvoie sans cesse l'homme à son animalité, qui le marque à jamais d'opprobre, qui, à chaque fois, lui fait comme signifier : « Tu n'es que merde ! », « Tu dois chier pour être – pour perdurer, pour *persévérer dans ton être* ».

Grandeur de l'homme sans merde, pensa Trufrock.

– Sans besoin de pisser à tout bout de champ ! Et pensez au temps gagné ! La productivité humaine sera décuplée. Nombre de maladies, d'infections, d'épidémies disparaîtront ! Plus de chiottes, plus de vidanges.

Le premier professeur reprit :

– Dans sa basse posture, l'homme est absolument vulnérable. L'homme des cavernes craignait ce moment par-dessus tout, où une attaque pouvait le condamner à mort.

Le deuxième continua :

– L'homme délivré de ses chaînes fécales ! Un jour viendra où l'on dira que déféquer et uriner étaient le propre d'hommes de légende. L'homme doit se surmonter, se dépasser. Devenir un surhomme. Et le surhomme est l'homme sans merde.

Ils marchèrent jusqu'à une passerelle qui permettait de franchir un torrent de merde.

– Comme vous pouvez le constater, aucune odeur n'émane de ces eaux immondes.

Passant au-dessus, Trufrock qui contemplait ce torrent n'en eut pas moins un haut-le-cœur.

– C'est une réussite majeure de la science et un tournant décisif pour l'humanité – les Romains y avaient mis la première pierre avec les latrines.

Trufrock se souvint d'une tribu de Papouasie qui vénérait le dieu du feu en lui déféquant dans la bouche. La tribu formait un cercle autour du sommet d'un volcan et tous de concert lui chiaient dans la bouche.

Toujours au-dessus du torrent – et comme pris d'une transe bossuétienne –, le deuxième professeur clama :

– Il n'y aura plus sur la terre aucun vestige de ce que nous sommes, la merde changera de nature... même le nom de caca ne lui demeurera pas longtemps ! Mon collègue l'Alchimiste, dans la salle d'à côté, est dans l'adoration du veau d'or. Il transforme la merde en or. Avec l'énergie du courant et une électrolyse, il isole l'or contenu dans les selles.

Il s'arrêta un instant. L'autre professeur reprit :

– Je crois même qu'au paradis, Adam et Ève ne faisaient pas leurs besoins. La vraie conscience de la nudité, c'est de se rendre compte que l'on est rabaissé face à la divinité. L'homme est maudit tant qu'il chie.

– C'est ici que l'homme va s'élever au-dessus de sa pauvre condition de créature empoisonnée dans ses chaînes fécales, intervint le premier professeur. Vous voyez ici la fin de l'homme asservi à sa nature, et le commencement de sa liberté retrouvée.

Un troisième savant apparut.

– Professor von Scheisenberg, enchanté !

– Que faites-vous là, Scheisenberg ? Votre place est avec vos collègues idolâtres et adorateurs du veau d'or !

Scheisenberg eut un petit rire méprisant.

– Messieurs, veuillez me suivre.

Il les mena dans son laboratoire qui débordait de tuyaux et d'alambics.

– Quoi de plus beau que de transmuer le plus vil matériau – et je m'accorde ici avec mon collègue – en le plus noble. De transformer la merde en or ! Grâce au courant que nous créons, nous arrivons à isoler l'or. Le but est de pouvoir installer ce système dans toutes les toilettes privées et publiques et de créer de l'or renouvelable. Il y aura sûrement des trafiquants d'or, des chercheurs d'or hors la loi. La solution pourrait être de créer une communauté de crocodiles. Ou bien des gardes-merdes à l'affût avec leurs mitrailleuses. Plusieurs solutions sont envisageables. Moi, ce que je souhaite, c'est que ce matériau, qui rend l'homme honteux et qui le dégoûte, soit apprécié comme le passage du déchet humain à la subtilité, à la beauté du divin, grâce à l'anus solaire ! Et n'est-ce pas un beau retour des choses que de parler la langue de l'anus solaire ?

11

Une voix venue de nulle part s'adressa à lui :

– Vous devrez passer par l'Embouchure. Haha ! Caprice de l'architecte !

Trufrock marcha vers une bouche géante aux lèvres d'un rouge écarlate. Il s'en approchait quand, tout à coup, il se sentit happé par un aspirateur hyperpuissant. L'aspiration cessa un instant et il tomba sur une langue au milieu des papilles, gros boutons gluants. Un autre souffle, latéral cette fois, le fit tourner sur lui-même dans la salive. Englué, baveux, *ensalivé*. Il fut de nouveau emporté et plaqué contre une joue. Collé à une paroi collante. Il se sentit ensuite aspiré par le palais puis par l'autre joue et, enfin, se retrouva dans un toboggan qui descendait en spirale. Il passa par un tunnel entièrement plongé dans l'ombre. Il était ballotté dans tous les sens. Il finit son périple gastrique, recraché dans un petit bassin d'eau claire. Toute la bave s'y écoulait. Des petits poissons vinrent par centaines la manger.

– Ha ! ha ! ha ! Trufrock l'anabaptiste ! Vous voilà purifié ! Vous venez de faire l'expérience des talents d'artiste du grand Archie... Vous apprécierez le bon goût de l'artiste. Se purifier avant l'expérience du sacré. Retournez-vous et regardez d'où vous venez.

Trufrock se retourna. Il vit que sa sortie s'était faite entre deux immenses fesses portant chacune une fleur de lys d'or. Il était trempé de la tête aux pieds.

– Suivez-moi. Tenez, entrez là. Vous aurez de quoi vous sécher et vous changer.

Trufrock entra dans une cabine. Des rangées de vêtements sur cintre à perte de vue. Il y avait plusieurs tailles mais c'étaient exactement les mêmes habits que ceux qu'il portait.

Complètement nu, il se mit sous un grand séchoir qui l'enveloppa d'un souffle chaud.

Une fois rhabillé, Trufrock ressortit mais l'homme n'était plus là.

Il ne savait trop où aller, quand des notes de musique lui parvinrent. Il reconnut immédiatement la chaconne de la *Partita n° 2* en *ré* mineur de Bach, jouée avec une grâce inouïe. Le son du violon était d'une pureté incroyable.

Il s'engouffra dans un couloir éclairé par des néons, qui devint, au bout de quelques pas, une passerelle. Il se retrouva recouvert de quelque chose de collant. Et, à la lumière des néons, il vit que c'étaient des toiles d'araignées. Le son du violon avait disparu, remplacé par celui d'une guitare électrique.

Il était dans une salle à peine éclairée, lui laissant

deviner une infinité de toiles d'araignées exposées comme des tableaux vivants.

Un homme portant une sorte de gibecière lançait sur les toiles des criquets vivants. Chaque fois, qu'il en jetait un et que la toile vibrait, une note différente était émise selon l'emplacement où l'impact criquetien avait eu lieu. Parfois, l'homme accélérait ou jetait plusieurs criquets à la fois sur plusieurs toiles. S'enthousiasmant, il puisait dans sa gibecière avec les deux mains et lançait ensuite les criquets en agitant les bras et les mains – comme dirigeant un chœur d'arachnides électrique.

Trufrock s'enfonça dans la salle, à la suite de l'homme à la gibecière.

Sur un panneau, il lut : « Département d'arachnologie/Service de sériciculture/Fonction de la soie d'araignée appliquée à la musique ».

Guitares arachno-électriques.

Mais aucun plan de sortie.

Il était perdu dans ce dédale de toiles, au milieu duquel l'homme à la gibecière poursuivait son jet de criquets.

À chaque fois que l'un d'eux entrait en contact avec la toile – et que celle-ci émettait un son de Stratocaster –, une araignée se précipitait pour lui planter ses deux chélicères dans sa carapace de criquet. Chaque mouvement de pattes d'araignée – *accelerando* – faisait résonner la toile. Lorsque l'araignée enveloppait dans son linceul de soie le corps du criquet, la toile résonnait comme des cordes stridentes.

Cette partition arachnéenne mêlée au spectacle d'embaumement et d'ensevelissement glaçait le sang.

Par cette musique de mise à mort, Trufrock était à la fois effrayé et fasciné. Des criquets vivants réussissaient parfois – *jumping for their life* – à s'extraire de la besace de l'homme, mais celui-ci n'en avait cure.

sautant pour leur vie

Un criquet hardi fit plusieurs sauts avant d'arriver à la hauteur de Trufrock. Il se retrouva sur son pantalon. Trufrock le recueillit dans sa main. Mais, mû par une impulsion incontrôlable, il balança le criquet criquetant de criquetterie sur une toile face à lui, laquelle émit une belle vibration sonore qui attira aussitôt la Mort, ses six pattes noires et ses chélicères – toutes aiguisées pour le baiser funèbre.

Frères criquets qui après nous vivez

– Pardon… murmura Trufrock.

L'ensemble du concert arachnéen était essentiellement dissonant et strident. Malgré la polyphonie, l'oreille pouvait parfois distinguer le moment fatidique où l'araignée exécutait son finale d'un coup de crochet.

Chélicères cou coupé.

Un deuxième criquet kamikaze atterrit sur Trufrock.

Ce dernier, encore fasciné, s'en empara.

Quand il le lança, le criquet fit résonner sur la toile comme des accords plaqués – ce qui fit se retourner presque en sursaut l'homme à la gibecière. Le criquet se débattant un peu – Trufrock n'avait peut-être pas la technique adéquate du lancer de criquet – jouait ses propres notes précipitées, désespérées, sentant la Mort venir *à pattes de velours*. À ces notes d'effroi répondirent celles de la Virtuose interprétées avec un toucher léger mais implacable.

L'homme à la gibecière hocha la tête et, peut-être pour montrer que c'était lui le maestro, il projeta par poignées les criquets avec l'enthousiasme d'un chef dans un finale joué *vivace*. Toutes ces dissonances, ce chaos sonore remplirent Trufrock d'une sorte de malaise éthylique. Effaré et fasciné à la fois, il finit par trouver une porte de sortie.

Il entra dans un petit auditorium – l'architecture intérieure le faisait ressembler au ventre d'une baleine.

– Ha ! Ha ! s'exclama un vieil homme. Vous venez pour l'audition. Tu as de la chance, Derek, quelqu'un va t'écouter aujourd'hui.

Trufrock descendit vers la scène et s'assit au premier rang.

– Derek ne va jouer ni une tarentelle, ni le trille du diable. Il va jouer une de mes compositions – écrite exclusivement pour des violons aux cordes en toile d'araignée ! Vas-y, Derek, joue mon *Arachnian Rhapsody* !

Dès les premières notes, Trufrock, fasciné, ne contrôlait plus son buste, emporté par le rythme. Puis il sentit quelque chose le submerger et il pleura.

Le violoniste s'arrêta. Après un silence, le vieil homme dit :

– Cet instrument ferait danser les étoiles et se fracasser les galaxies… Tiens, Derek ! Note ça pour les prochaines partitions : *Dancing Stars. Preludes to Colliding Galaxies.*

Étoiles dansantes. Préludes à la collision des galaxies.

12

Trufrock était seul à présent. Il marchait le long du couloir où une musique très étrange – mélange d'instruments électroniques et d'instruments à cordes – était diffusée.

D'une porte lui parvinrent des voix. Il voulut l'ouvrir. Lorsqu'il toucha la poignée, une petite pieuvre lui resta dans la main. Il la jeta avec dégoût. Elle ressemblait à un parachute flasque. La petite pieuvre qui gisait sur le sol avança en sautillant – elle se propulsait grâce à ses tentacules.

Trufrock sentait qu'il ne devait pas regarder par le trou de la serrure – sa petite voix intérieure lui disait : « Ne regarde pas ! »

Il entendait toujours les voix qui s'exclamaient dans une langue qu'il ne connaissait pas :

Toresit Nakadesam Catati Melia Thor !
Mainu tâphé coliat Merdanas !
Kotiguta nelia maji coloelia !
Kidan Ava tentria !

Il s'approcha – quoique sentant toujours qu'il ne devait pas le faire – et se baissa lentement pour ajuster son œil à la place du bouton-pieuvre. À peine eut-il le temps de le faire qu'il reçut un jet d'encre dans l'œil droit. Il se releva en hurlant. Et tenta de calmer son œil en l'essuyant avec sa chemise. Il vacilla et rentra littéralement dans la porte : au lieu de la heurter, il la traversa comme si elle avait été en cire.

Trufrock n'avait plus du tout mal à l'œil. La douleur avait disparu en traversant la porte. Il regarda autour de lui.

Tout un salon avec des gens habillés qui attendaient apparemment le début d'un concert. Il y avait une espèce de clavecin sur une scène.

– Ah, monsieur Trufrock ! *In the nick of time!* Votre place est au premier balcon, le siège aux armes des…

Juste à temps !

La salle était bruyante. Personne ne prêta attention à l'entrée de Trufrock.

L'encre – comme du rimmel – avait coulé de son œil le long de sa joue sur sa chemise blanche, lui donnant un air de Pierrot-As de pique.

Il avait peur que les gens voient cette grosse tache noire – mais le maître de cérémonies ne lui avait rien dit. Il marcha le long des rangées, les gens continuaient à parler, lui ne les regardait pas et ne pouvait savoir si on l'avait remarqué. Il gravit quelques marches qui le menèrent au premier balcon. Il prit place dans la loge. La place qu'on lui avait indiquée portait bien des armoiries cousues dans le cuir. Trufrock le héraut les examina. Elles étaient de gueules à un anus compissé d'or.

Le clavecin pour l'instant restait dans l'ombre. Trufrock eut l'impression d'y discerner des lueurs, comme des yeux brillant dans la nuit.

Devant lui une mer de cheveux, de perruques, d'épaules dénudées. Il était difficile d'être catégorique, mais Trufrock crut reconnaître quelques personnes de dos. Certaines étaient de trois quarts. Des nez, des pommettes, des joues familières.

Quand le claveciniste apparut, le brouhaha cessa et fut immédiatement remplacé par des applaudissements. *Clap ! clap ! clap !…*

Le claveciniste avança sur la scène qui demeurait dans la pénombre. Trufrock vit qu'il avait une paire de lunettes qui luisait dans le noir. Il marcha d'un pas sûr vers un tabouret sans se soucier le moins du monde du public. Lequel, au moment où il s'assit, arrêta ses *clap, clap, clap*. Ce qui aurait dû être le silence fut remplacé par des miaulements.

Trufrock tressaillit. Il crut reconnaître le miaulement de Grisard, ce chat qu'il avait tant aimé. Mort défenestré. Âme de suicidé. S'est fait avoir à la métempsycose.

L'Artiste se mit enfin à attaquer son morceau.

Rapidement, les miaulements furent remplacés par des cris de douleur. Le claveciniste, qui avait commencé par quelques notes *pattes de velours*, s'était lancé dans un crescendo où les cordes, comme des griffes, lacéraient les chats. Ce qui était inouï, c'était que chaque chat poussait un miaulement et des cris différents.

– Ouain ! Ouain ! Ouain ! Ouain ! Ouain !

Le claveciniste nyctalope allait de plus en plus vite.

On voyait ses yeux briller derrière ses lunettes.

Trufrock, qui s'était habitué à la semi-obscurité, parvenait à distinguer les prunelles des chats et leurs petits corps tendus et attachés. Quelques femmes tombèrent en extase, d'autres s'évanouirent.

Certains chats, aux extrémités de l'instrument, continuaient à miauler de peur – créant ainsi un miaulement polyphonique.

Quand le claveciniste attaqua son finale, il fit preuve d'une dextérité incroyable – ses mains semblaient bouger à une vitesse prodigieuse, hallucinante –, les cris, la bouillie miaulique atteignirent leur paroxysme. Et finissant par quatre notes graves bien appuyées, le claveciniste, comme vidé, retomba en arrière sur son tabouret.

Pluie d'applaudissements.

Visiblement essoufflé, il se leva et, cette fois, salua le public – ses prunelles plus chatoyantes que jamais.

Tonnerre d'applaudissements.

Personne ne quitta sa place. Une femme que Trufrock n'avait pas remarquée – se croyant seul dans la loge – lui demanda : « C'est votre premier concert miaulique ? » Il ne sut que répondre.

Un accordeur accompagné de deux hommes vint remplacer les chats crevés, tandis que la foule réclamait son *bis* à grand renfort de *clap. Clap ! clap ! clap ! clap !*

Le virtuose revint saluer pendant que les accordeurs accordaient. Il s'inclina une nouvelle fois et repartit.

Les *clap* s'intensifièrent encore et, cédant aux sirènes de la foule, il finit par s'installer au clavecin. Cette fois, il donna à la foule ce qu'elle voulait : *Le Beau Danube bleu* :

Ouain ouain ouain ouain ouain…
Ouain ouain…
Ouain ouain…

Et la foule reprit en chœur :

Ouain ouain ouain ouain ouain…
Ouain ouain…
Ouain ouain…

Le claveciniste jouait, détendu, d'une manière un peu jazzy. Cabaret style.

Trufrock avait le cœur qui battait très vite et se sentait mal. Il se leva et quitta le balcon précipitamment. Si vite qu'il ne vit pas la porte molle, qu'il traversa de nouveau comme de la gélatine.

Il se retrouva dans le couloir où il avait été encré.

Son pouls se calma. Il avait envie de vomir.

Il vit un homme au fond du couloir qui – prenant son élan – courut et passa littéralement à travers un mur.

Non sans un pressentiment – sa petite voix lui disant : « Ne le fais pas » –, il essaya de l'imiter. Il prit son élan et, malgré sa fatigue, courut du mieux qu'il put. Il se fracassa le nez contre la dure réalité du mur – et crut se l'être cassé. Il saignait. Il avait heureusement un peu amorti le choc, heurtant le mur les bras en avant. Son sang coulait et se mêlait à l'encre. Poulpe peinturluré. Sa chemise en portait témoignage. Du coup, on pouvait avoir l'impression qu'à partir du menton, il saignait de l'encre.

13

Trufrock était entré dans une nouvelle salle. Des tresses d'une espèce de palmier suintaient. L'air était chaud et humide.

– On pourrait s'y dissoudre, n'est-ce pas ? Des cataractes de soi ruisselant. Les 65 % d'eau de l'homme évaporés.

Trufrock ne sut d'où lui parlait cette voix – il était sûr d'être seul.

Les troncs de palmier montaient jusqu'au plafond – lequel était remarquablement haut. Ils étaient les piliers d'une cathédrale végétale. Sur un lutrin fait de ceps de vigne reposait un livre – au format in-folio – dont les pages étaient molles et suintantes. Leur texture faisait penser à un fruit. Elles semblaient être en pulpe de litchi.

Trufrock – malgré la petite voix qui lui disait de ne pas le faire – toucha les pages. Elles étaient molles. Ensuite, à rebours de toutes ses phobies, il mit un doigt dans la bouche. Elles avaient bien un goût de litchi.

Au bout de quelques secondes, elles sécrétèrent une encre noire qui sortait par de petits trous – les pores des pages. Et bientôt, d'immenses lettres calligraphiées se formèrent – dans une langue inconnue de Trufrock.

De haut-parleurs lui parvinrent les paroles d'un homme en colère.

– Qu'avez-vous fait, malheureux ? Qui vous a permis de toucher aux Révélations ? Vous avez souillé de votre sueur les pages sacrées du divin. M'entendez-vous ! La colère du Livre va contaminer votre sang.

Akheton Khetaï Asdraa !
Akheton Khetaï Asdraa !
Akheton Khetaï Asdraa !

Puis ce fut un silence de mort.

Trufrock entendit les pas d'un homme qui s'approchait de lui.

– Vous ! Vous ne vous rendez pas compte de l'offense que vous avez faite au Livre. Écartez-vous !

L'homme avait des gants blancs striés de bandes noires. Il se plaça bien en face du Livre et psalmodia. Puis il retira ses gants et tourna la page de droite.

Akhoulaï beta Kardilaï !
Omeson tabri kardes !
Pulpathaï saksotaa !
Akhoulaï beta kardilaï !
Akhoulaï !
Akhoulaï beta kardilaï !

L'homme avait l'air à la fois inquiet et furieux contre Trufrock.

Akhoulaï beta Kardilaï !

Comme un appel de détresse d'une tour de contrôle.

– À cause de vous, j'ai raté la Révélation et le Livre ne veut plus me parler. Son encre s'est tarie sous vos doigts profanes. J'ai passé toute ma vie à m'exercer pour parvenir au plus haut rang de lecteur sacré. Si l'encre est sèche, si les pages se dessèchent, si la pulpe ne suinte plus, alors, c'en est fini de moi. Putain, merde ! Putain de merde ! Putain de merdeeeuuh !

Les pages du Livre étaient si desséchées qu'elles s'effondrèrent comme un château de cartes.

Les palmiers se desséchaient à une vitesse folle. Ils tombaient les uns après les autres.

Soudain, la salle se mit à réagir comme un organisme malade. Trufrock et l'homme transpiraient – suant à grosses gouttes.

Les murs suintaient tant qu'ils semblaient perdre leur peau.

Une insoutenable odeur de pourriture se répandit.

III

O ! Let me not be mad

« Ô ! Faites que je ne sois pas fou »

1

L'établissement psychiatrique *Die Klinik – aka Die K* – accueillit à bras ouverts Trufrock-le-défaillant.

Fatigué, il parvint à un petit banc en bois sur lequel étaient griffonnés des mots dans toutes les langues. Babel banc.

Il s'assit et ferma les yeux. Le soleil lui chauffait la partie gauche du crâne. Hémisphère droit à l'ombre. Les langues dans l'ombre de son cerveau.

I am thy father's spirit
Doomed for a certain term to walk the night

« Je suis l'esprit de ton père/ Condamné pour un temps à arpenter la nuit »

Il rouvrit les yeux. Le vent soufflait dans les grandes herbes et les branches des frênes face à lui.

The serpent that did sting thy father's life
Now wears his crown

« Le serpent dont la piqûre a tué ton père/ Porte aujourd'hui sa couronne »

Trufrock parlait tout seul :
– *Now... heir is clown.* Yorick ! *Is that you?*

Maintenant... héritier est un clown.

Il s'adressait au vide :
– *The serpent…*

Ô mon ombre, ô mon vieux serpent

Ses paroles s'écoulaient de lui comme d'une poche de sang crevée. Débâcle. Fonte des neiges. Ses souvenirs sédiments coulaient de ses lèvres.

Ophidisme et Ophelia. Souvenirs, vieux compagnons. Livres oubliés. Ils vivent quelque part en moi. En ma mémoire…

« Dans le livre et le volume de mon cerveau »

Within the book and volume of my brain

Les yeux de nouveau fermés, se sentant très faible, Trufrock laissait son cerveau fatigué à la barre.

Mon beau navire ô ma mémoire

Il somnolait presque. Il se souvenait de John Hurt dans *Edward II.*

Il dit à haute voix :

« Mais qu'est-ce qu'un roi privé de son pouvoir ?/ Rien qu'une ombre par un jour de soleil. »

But what are kings,
When regiment is gone,
But perfect shadows in a sunshine day.

À présent, il entendait en lui la voix de Derek Jacobi dans *Richard II.*

« Pour l'amour de Dieu, asseyons-nous sur la terre,/ Et racontons la triste histoire de la mort des rois »

For God's sake let us sit upon the ground,
And tell sad stories of the death of kings…

Il s'arrêta. Le vent continuait à souffler.

… for within the hollow crown
That rounds the mortal temples of a king
Keeps Death his court, and there the antic sits
Scoffing his state and grinning at his pomp

« … car dans la couronne creuse/ Qui ceint les tempes mortelles d'un roi/ La Mort tient sa cour, là trône la bouffonne,/ Raillant sa dignité, ricanant de sa pompe »

– Bonjour, professeur. Nous ne vous dérangeons pas ?

Trufrock émergea de son marais de mémoire.

– Nous pouvons nous joindre à vous ?

Sans attendre l'assentiment trufrockien, l'individu et son acolyte s'assirent à côté de Trufrock sur le banc mémoriel.

– Vous n'êtes pas ici depuis longtemps ?

– Quelques…

– Vous avez jeté votre dévolu sur le même banc que nous. Le Directeur en a fait installer plein dans le parc. Veut pas que ses patients s'effondrent. Mais c'est celui-ci que nous aimons…

Il sourit.

– Nous avons su qui vous étiez *through the grapevine*. Figurez-vous que, pour ma part, j'ai lu l'un de vos livres. *Pétrifiantes Coïncidences*. J'avais été frappé à l'époque par vos microlectures. Vos études parallèles entre le château de Cambyse décrit par Hérodote et l'œuvre de Kafka m'avaient beaucoup intéressé. Dommage que vous n'en ayez pas fait d'autres…

par des bruits de couloirs

– D'autres… j'en ai écrit…

– Mais enfin, il y a des choses difficilement défendables. Le silence de Zénon d'Élée, par exemple. Sur l'automutilation. C'est…

Il marqua une courte pause.

– J'ai moi-même écrit dans la revue *Cosmos* un essai sur les duels logomachiques.

Il se tourna vers son camarade qui se mit à acquiescer de la tête – mais sans pouvoir s'arrêter de secouer la tête…

– J'ai fait d'ailleurs un petit guide de grec ancien. Il m'en reste quelques-uns que j'ai pu apporter ici. Je vous en dédicacerai un avec plaisir.

« Mort, un ducat qu'il est mort » Mort pour un canard… Mais c'est un charlatan, assurément !

Polonius de basse-cour… *Dead for a ducat, dead. Dead for a duck*… Moi qui adore les canards. *But he's a quack for sure!* Bon, demain, tout sera sorti de ma mémoire. Ah non, merde ! Il a dit que c'était son banc… Trouver un autre banc.

L'homme sortit un porte-cigarettes argenté. Trufrock eut le temps d'y discerner des armoiries. Blason. Vanité. L'importun alluma une cigarette sans même s'inquiéter des opinions et autres considérations de Trufrock relativement au tabagisme passif et aux soixante-dix substances cancérigènes.

« Excusez-moi pour la poussière. »

Excuse my dust. De l'esprit ! Du sel attique, cette femme. Dorothy Parker. Trufrock pensa aux probabilités d'auto-consomption. Elles étaient faibles mais réelles. Un signe ! Si Zeus tonnant pouvait le foudroyer…

Il tenta de ne plus entendre les propos de son voisin. Il ferma les yeux.

Une petite brise le gratifia de cendres qui lui embrasèrent légèrement la joue.

– Monsieur Corambis de La Rance ! Monsieur

Corambis de La Rance ! Vous êtes demandé au téléphone.

Un signe !

Ledit Monsieur Corambis de La Rance et son compagnon – lequel hochait toujours la tête – le prièrent de les excuser.

Ils se levèrent et quittèrent le banc hospitalier.

Pour remercier le Soleil, Trufrock répandit, en guise de grains d'orge, quelques graines de courge – excellentes pour la prostate – qu'il conservait dans l'une des poches de son pantalon. Phoïbos Apollon – le granivore – lui caressa de nouveau les joues. Une belle pie au plumage chatoyant vint picorer les graines qui lui étaient offertes.

– Ah ! C'est toi, Maggie !

Dans son petit théâtre intérieur, il entendit la voix de sa mère lui dire une *nursery rhyme* :

Maggie the magpie had snatched a pie
With pride with joy she was flying high!
On a mighty pine tree she chose to land
And she could soon figure out the pleasure she would get

By piercing! by breaking! by gobbling it up!

O Magpie! O Magpie! Stop eating the Night's Pie!
For – you see – the pie was nothing else but the Moon!

But the greedy magpie sent the pine tree packing
O pine tree,
It is mine, 'tis my pie!

Thou art fool, thou art mad : nothing but a madpie!

The furious magpie meantime dropped the Moonpie
And like a Fury she struck she struck!
But the pine tree's blood was a nonpareil snare;
Full of sap full of sap she was glued to the tree.

And soon 'twas a joke to call it the magpine.

For the Moon, the Night's pie,
With a cortege of stars
She came back in the sky.

For ever wrinkled
With craters and scars.
Courtesy of Maggie,
The crazy magpie!

2

Dans le parc de la *Klinik,* la lumière d'hiver baissait. Le paysage s'assombrissait. Tout allait en s'atténuant.

Trufrock était engoncé dans son manteau d'hiver qu'il ne quittait pas – atteint du syndrome d'Akakievitch.

Si j'étais Bouddha, je ne bougerais pas, et passent les jours, passent les semaines. Passent les saisons même…

Ah, mon bon vieux *maître de joie*… Connaissait son Villon sur le bout des doigts :

En ce temps que j'ai dit devant,
Sur le Noël, morte saison,
Que les loups se vivent de vent

Ça avait de la gueule quand il le déclamait !

Me vint un vouloir de briser
La très amoureuse prison
Qui souloit mon cœur débriser.

Trufrock se réchauffait l'âme au feu de sa mémoire. Pyromnésie.

Vivre aux humains est incertain
Et après mort n'y a relaiz

Pour la première fois depuis fort longtemps, il esquissa un sourire. Mais la grâce ne fut qu'éphémère et s'évanouit au :

– B'soir, monsieur !

Oh, no! Not again!

– Corambis de La Rance m'a parlé de vous. Je ne suis qu'un humble médiéviste. J'ai composé un livre sur Jehan des Entournures. Vous le connaissez ? C'était un poète lyonnais dont quelques poèmes ont été sauvés de l'incinérateur du Temps.

L'incinérateur du Temps ! Diafoirus métaphoireur !

– Je le tiens pour aussi grand que Villon !

Rien que ça !

Trufrock commençait à souffrir du dos – conséquence de sa pose bouddhique.

– Des Entournures nous a laissé quelques octosyllabes mémorables :

Que demain passe bel Ulysse
Peu sa douce son chien caresse
Vrai est pureté et fleur de lys

C'est dans *l'Argophilia…*

Trufrock entendit : « Largue Ophelia… »

– Vous noterez l'audace de la synérèse au deuxième vers et l'élision au troisième. Notre poète a de la malice.

Ça annonce Corbière avec quatre cents ans d'avance. En lisant « Sonnet à sir Bob », on jurerait qu'il connaissait des Entournures. Malheureusement, je n'ai encore mis la main sur aucune citation par un autre poète. Il n'est nommé nulle part – ou peut-être se cachait-il sous d'autres masques ? Je me suis épuisé… si vous saviez. Je l'ai cherché pourtant… si longtemps…

L'homme sanglota légèrement.

Il ne va pas se mettre à chialer maintenant.

– Des collègues se sont même évertués à prouver qu'il n'était qu'un être de papier ! Une création scolastique !

Il étouffa un nouveau sanglot.

– Tout une vie réduite à néant ! La sienne et la mienne… Je n'ai plus de force pour me défendre.

Il pleura derechef. Le vent souffla et les pins s'agitèrent.

– C'était un homme bien. Il a composé un poème pour sauver un chien accusé d'avoir abusé des faveurs de sa maîtresse. Ça n'a pas suffi… Mais son poème est signé par ses armoiries. Le chien a eu les pattes sectionnées, la truffe arrachée et le sexe tranché. Il s'est noyé dans son propre sang – une mare de sang, selon les témoins. Des Entournures a alors composé un *Tombeau pour un chien occis…*

Trufrock ferma les yeux et s'imagina l'homme dansant dans la pinède, se tranchant le sexe dans un état de transe avancée. L'homme courait nu en aboyant, couvert de résine de pin, l'entrejambe saignant et le sexe sanglant à la main.

Il courait vers lui, la langue pendante.

– Ouah ! Ouah !

La résine se mêlait à la sueur et au sang. Et l'homme châtré courait vers le banc.

– Ouah ! Ouah !

Dès qu'il fut suffisamment proche, l'homme-chien-châtré balança son vit plein de sang sur le manteau akakievitchien de Trufrock, lequel poussa un cri d'effroi.

– Ah ! Ah !

Son voisin de banc lui avait posé la main sur l'épaule.

– Vous l'avez vu ? Vous l'avez revécu aussi ? Le supplice du chien. C'est la preuve que des Entournures a bien existé. Où que j'aille, avec qui que je sois, il y a toujours un chien châtré.

Trufrock tentait tant bien que mal de se ressaisir. Il vit que son manteau était taché. Maculé de fientes. Encore haletant, il se dit : Putain ! Ils me poursuivront jusqu'à la fin ! Je vais demander qu'on ait une fauconnerie et qu'on fasse bouffer ces étrons volants. Pigeonnade en des serres.

– Mais vous êtes tout taché !

Alors que le médiéviste allait reprendre le fil de son exécution cynique, Trufrock parvint à se lever et d'un « Bonsoir » prit congé.

3

Trufrock était assis sur l'un des bancs à l'effigie de *Die Klinik*.

Trufrock cervicalgique. Roseau pensant.

Fils de pendu qui ensemence les potences. Au pied du gibet, des larmes de sperme. La récolte de ces larmes était faite par des femmes pour fabriquer un élixir qui guérit les aveugles.

Pendu, arbre sans racines. De sa maîtresse branche s'écoulent des larmes de latex. Tout autour poussent des fleurs. L'Arbre-Potence.

Pendu, arbre déraciné. L'homme a ses racines dans la terre – et la tête aspirant à monter vers les étoiles. La pendaison le déracine, l'arrache à la terre – mais le rapproche des étoiles… D'où il provient.

Un empereur tenait tellement à cette singulière récolte qu'il fit entourer le gibet d'un immense trou dont les parois étaient pleines de scorpions et de cobras cracheurs.

Une petite bassine recueillait le fluide vital. Un

préposé ouvrait précautionneusement une petite trappe dans une paroi du trou. Mais plusieurs d'entre eux y avaient laissé leur enveloppe charnelle.

Le fluide était versé dans un pot en verre qu'on fermait. Gelée impériale. La santé de l'empereur en dépendait – dans la langue de l'empereur, ce précieux fluide était littéralement du « jus de lune ». Seuls l'empereur, sa femme, leurs enfants – et quelques maîtresses, dit-on – avaient le droit de s'en imbiber le corps. Les eunuques qui les massaient avaient aussi le privilège d'en bénéficier – leurs mains restaient ainsi douces jusqu'à la mort. La peau de la famille impériale était toute laiteuse – rendue telle par l'application de cet onguent à la texture elle-même laiteuse.

Ce saint chrême impérial ne servait donc pas…

Évangile imaginaire. Qu'a-t-on fait de la semence du Christ ?

Bave de Dieu foutre christique.

Dieu via le vit christique ensemence l'Arbre-Croix. Il le recrée en tant qu'arbre – bois qui redevient arbre.

Sang, sueur et sperme coulent de la Croix.

Miracle d'un arbre poussant à l'emplacement de la Croix du Christ. Au lieu-dit du Crâne, sur lequel coulent des larmes de cire – d'un cierge christique –, la vie triomphe de la mort.

L'arbre miracle devient arbre à myrrhe.

Myrrha – fille qui veut s'unir à son père. Retour à l'origine.

Aphrodite née de l'émasculation de son père, Ouranos. Ciel dont les gouttes de foutre fécondent la mer. Aphrodite née de l'écume, semence marine.

De nouveau, les paupières de Trufrock s'abaissèrent.

4

Trufrock marcha jusqu'au bout du parc de la *Klinik*. Une clôture électrique empêchait d'accéder à un étang. Des petits écriteaux triangulaires mettaient en garde contre le risque de décharges.

Trufrock – retombant en enfance – attrapa un criquet. Il hésita. Si le criquet s'électrocutait, il faudrait alors qu'il le mange – criquet grillé à la Saint-Jean (mais sans miel).

Il finit par le lancer sur la clôture. Mais le criquet rebondit sur les fils sans secousse aucune. D'un saut, il franchit l'obstacle avec une insolente facilité. Peut-être indiquait-il la voie à suivre.

Trufrock retint sa respiration un instant, puis toucha la clôture. Rien. Il l'escalada du mieux qu'il put et passa de l'autre côté. Il marcha vers l'étang.

Une barque fut une grande tentation – à laquelle il succomba. Il y prit place, s'empara des rames et rama.

Il rama au milieu des nénuphars et des canards.

Il froissa la surface de l'étang.

Il se dirigea vers la forêt.

Une fois arrivé, il quitta la barque et entra dans la forêt.

Il ne marchait pas depuis longtemps, quand il aperçut un homme balayant le sol avec un détecteur à métaux, qui lui demanda :

– Vous n'auriez pas vu un grand cerf ?

Trufrock se souvenait d'avoir vu des ramures de cerf quelque part… près d'un arbre…

– Je le cherche depuis quarante ans, ce cerf. Sur ses mues, on dit qu'il y aurait les runes qui indiquent l'emplacement de la tombe du roi des cerfs. Il y est enterré avec des chefs-d'œuvre d'orfèvrerie : des bijoux, des casques en forme de cygne, des chaudrons et, bien sûr, la couronne du roi des cerfs.

King Deer…

5

Trufrock était assis sur son banc.

Un homme s'approcha de lui. Il s'assura qu'il n'y avait personne dans les environs et s'assit à côté de lui. Il venait de pleuvoir et son pantalon était tout crotté.

Il se tut un long moment.

– C'est un jour comme celui-là qu'a commencé Waterloo, vous savez. Waterloo… Waterloo… Tout le monde pense que c'est une défaite, mais ça n'en est pas une ! Parce que Napoléon n'a pas perdu à Waterloo. Pour la simple et bonne raison que Napoléon n'était pas à Waterloo !

Il s'interrompit et se racla la gorge.

– Il a été fait prisonnier à la fin de la campagne de Russie. On lui a substitué un sosie. Et préparez-vous à un choc : il a eu une descendance dans l'Empire russe. Quelqu'un, ici même, descend de lui…

Il se tut de nouveau – cherchant à conférer une certaine solennité à ses propos.

– Il y a aussi ici un descendant du maréchal Ney : il porte une chevalière frappée de l'aigle impériale.

Mais c'est une aigle bien particulière, elle porte un signe que seuls les initiés de notre mouvement peuvent reconnaître.

Nouveau silence. Les oiseaux gazouillaient. Un merle poussait la chansonnette. Des étourneaux sautillaient autour d'eux.

– Nous œuvrons pour le retour de l'Aigle. Napoléon IV sauvera la France, et l'Europe…

L'homme se racla la gorge.

– En Russie… À un moment, il peut livrer bataille – ce qu'il a toujours voulu et que lui a pratiquement toujours refusé Koutouzov –, mais il va, contrairement aux autres fois, demander leur avis à ses maréchaux – les consulter ! – et finalement, il décide de revenir en arrière, quitte à repasser à Borodino – histoire de remonter le moral de ses troupes en leur montrant leurs camarades encore becquetés par les corbeaux.

Il se racla encore la gorge. Il contempla l'horizon.

– Il y a des lettres de Bernadotte à Alexandre Ier qui y font allusion de manière cryptique. Ce traître n'a pas prêté main-forte à Napoléon – alors qu'il lui devait le trône de Suède ! –, non pas parce que l'Empereur a attaqué sans le consulter, mais parce qu'il faisait partie de ce complot de substitution… L'homme qui est mort à Sainte-Hélène n'était pas Napoléon…

Ayant aperçu quelqu'un qui marchait dans leur direction, l'homme se leva, se pencha vers Trufrock et lui susurra à l'oreille :

– Je suis Napoléon IV…

6

C'était le jour du carnaval. Les rôles s'inversaient. Les patients avaient le droit de se déguiser en personnel médical et vice versa.

– Un p'tit coup d'électrochocs, Schweizentrick ? s'enthousiasma un patient-médecin.

– Et toi, Rosamonde, ça te dit de faire un petit tour dans le parc ? proposa Heydegir. Un p'tit tour en barque sur l'étang. L'être et l'étang. On ne peut être et avoir été. Mais on peut, grâce au Léthé, oublier dans l'étang qui on a été. On pourrait même dire se perdre dans l'étant…

Les infirmières s'inquiétèrent un peu.

– Se perdre dans l'être, se perdre dans l'ét…

– Oh, la ferme, Heydegir ! Madame Rosamonde fera ce qu'elle voudra. N'est-ce pas un établissement où l'on doit pouvoir se retrouver ? Retrouver son moi ?

– Précisément ! Retrouver son être en émoi !

Rosamonde s'approcha de Heydegir et lui passa doucement la main dans les cheveux.

– Calmez-vous, docteur ! Vous avez toute la journée pour le retrouver.

Heydegir ne put retenir un sanglot.

– Mais je ne peux pas me retrouver ! Je suis otage de mon passé. Et je me vois qui marche, passant à côté de ma vie.

Rosamonde lui prit la main.

– Venez, allons-nous promener.

Et Rosamonde prit la clé des champs avec un Heydegir en pleurs.

– Bon, bon ! Allez, on y va, Schweizentrick ! Au palais des électrochocs ! reprit l'enthousiaste patient-médecin.

Empruntant un chemin couvert de graviers, Rosamonde et Heydegir aperçurent Trufrock rêvant sur son banc.

– Haha ! C'est Bouddha – Heydegir avait retrouvé sa joie d'enfant – qui va se changer en pierre. Trufrock le minéral ! Trufrock je suis, et sur ce roc je bâtirai mon Église…

Trufrock, qui l'avait écouté – avec quelque inquiétude –, invita Heydegir à s'asseoir.

– Non, non ! Trop aimable ! Je vais avec Rosamonde sur l'étang rechercher mon être et peut-être enfin le noyer dans l'étant.

– Docteur Trufrock, rentrez avec les autres, il va y avoir un buffet…

– Pantagruélique, interrompit Heydegir. Mais non, Rosamonde ! Déjà Trufrock, c'est un vrai professeur ! Et à plus d'un titre ! L'a révolutionné l'interprétation des Sirènes.

– Euh, je n'ai fait que préfacer le travail du professeur Naso.

– Oh, trop modeste ! Un mythologue de génie, Rosamonde ! Comme y en a un par siècle !

– Arrêtez de vous moquer de lui !

– Non, mais j'exagère à peine. Faut lire ses livres ! Bon, ils commencent un peu à dater... Mais, c'est un homme de goût. Eh bien, allons-y, *Rosamunde* ! Rose amande !

Heydegir repartait dans son lyrisme. Tout d'un coup, il parut s'inquiéter :

– Rose immonde !

Trufrock les vit s'éloigner, coupant par le parc parmi les coquelicots et les herbes folles.

On entendait encore clamer Heydegir.

– Rosemonde ! Rosamonde !

« La rose est sans pourquoi » revint à la mémoire de Trufrock. Il se sentit le besoin de s'allonger sur le banc de pierre. Mais le gisant en puissance, Trufrock le minéral, refusa la pétrification à cet instant.

Il fixait le ciel et espérait qu'il se fende. Que les îles flottantes, les barbes à papa se baignant dans un ciel de crème anglaise descendent jusqu'à lui. Il rêvait que le ciel s'écroulait, que les étoiles se décrochaient. Qu'il était emporté et que toutes les particules de son être étaient rendues à leurs supernovae...

Trufrock se dit : Ce banc m'attendait. Et il joignit les mains sur son nombril. Son nombril qui l'avait relié à sa mère, à la matrice de son monde. Le cordon de la *commedia*. Et maintenant, il était temps que les Moires coupent le fil.

C'est un patient-médecin qui donna l'alerte. On ne savait s'il fallait arrêter la mascarade et si les médecins-patients devaient agir ou l'inverse. Du coup, tout le monde s'y mit. Une *ressuscitation* fut tentée. Un massage cardiaque. En vain.

– Trufrock, vous m'entendez ? Trufrock, merde !

– Attendez, je sais !

– *Rosebud* ! *Rosebud* !

– Arrêtez vos conneries !

– L'électrochoc ! L'électrochoc !

– Trufrock, putain ! Revenez !

– *Oh that I were a mockery king of snow...*

« Oh, que ne suis-je un roi de neige dérisoire... »

– Ah, commencez pas, Heydegir !

Trufrock devait sans doute se voir quitter son corps – son enveloppe charnelle.

– Trufrock, bordel !

Tout le monde s'y mettait.

– Attendez, j'ai une idée, mettez-lui la voix de Mary Beard !

– Dépêchez-vous, bordel !

Le médecin-patient tendit son téléphone : on entendit la voix sensuelle de Mary Beard – voix d'un être qui est là tout en n'étant pas là :

As a scriber... As a kind of high class secretary...

Sur l'écran de l'électrocardiographe, on vit qu'il y avait un soubresaut du cœur de Trufrock. Sa paupière avait comme un tic nerveux.

– Il manque de magnésium !

– Tout est dans la voix. Le Christ aussi devait avoir une voix fascinante ! « Lève-toi et marche ! »

– Oh mais ferme ta gueule, Heydegir !

– Docteur Heydegir, ducon !

Le médecin-patient voulut mettre un uppercut du droit à Heydegir mais quelques patients-médecins s'interposèrent et l'un d'eux se prit ledit uppercut, ce qui occasionna la chute d'un corps qui mordit la poussière.

Et on emmena le corps de Trufrock, dans une procession où les pleurs se mêlaient à des rires hystériques.

Ils le transportèrent vers l'étang.

Heydegir, médecin d'un jour et maître des clés, ouvrit la porte électrifiée.

Ils déposèrent Trufrock dans la barque.

Heydegir et ses faux confrères cueillirent des fleurs. Ils les jetèrent sur le corps de Trufrock. Des coquelicots, des tulipes, des marguerites, des myosotis : Trufrock était noyé sous les fleurs.

Puis ils poussèrent la barque. Elle fila, brouillant le miroir de l'étang. Des ondes se propageaient jusqu'à eux – les reliant encore à la barque, encore à Trufrock.

Et elle se mit à dériver.

7

La barque parvint à la rive où se trouvait la forêt.

Trufrock se leva et marcha. Il atteignit l'orée de la forêt. Il s'y enfonça sans hésiter.

Il vit l'arbre. Il le reconnut. Il s'avança vers lui, les bras en croix. Il l'étreignit. L'écorce lisse, douce se fit de plus en plus douce.

Trufrock sentit l'arbre se détendre, son écorce lisse à son contact devenait molle peu à peu.

Il sentit la température de son corps augmenter, des larmes de cire lui coulèrent sur le crâne puis sur les épaules – puis le recouvrirent intégralement. Il pénétrait dans du mou. L'arbre l'acceptait.

Peu à peu l'écorce se reformait et se refermait sur lui.

L'arbre n'avait plus comme trace sur son tronc qu'une espèce de croix ligneuse en ronde-bosse. Trufrock et l'arbre n'étaient plus qu'un en cette fusion.

Bye!
Bye!
Bye!
Bye!
Bye bye, Johnny!
Goodbye, Johnny B. Goode!

RÉALISATION : NORD COMPO À VILLENEUVE-D'ASCQ
IMPRESSION : CPI FRANCE
DÉPÔT LÉGAL : AVRIL 2022. N° 150401 (167871)
Imprimé en France